「疲れただろう？　可哀想に」

……彼の言葉は、どうしてこんなに素直に心に沁みこんでくるんだろう？

僕は、小さな頃から大好きだった、あのお伽噺の野獣さんを思い出す。

……彼の大きくて優しい雰囲気が、あの野獣さんにそっくりだから？

それとも……？

天使は野獣の花嫁
～パーフェクト・ウェディング～

水上ルイ

18279

角川ルビー文庫

Contents

口絵・本文イラスト／おおや和美

桜羽雫《さくらばしずく》

「どうしても一緒《いっしょ》に来ないの？　あなたのことが心配よ」

タクシーの後部座席に乗り込んだ優子《ゆうこ》姉さんが言う。

「大丈夫《だいじょうぶ》だよ。それに、二人の新婚《しんこん》生活を邪魔《じゃま》するのは気が引ける」

無理やり明るい声を出すけれど、姉さんはさらに心配そうな顔になる。

「またそんなことを言って……」

「ともかく、僕はまだ行かない。学校もあるし、まだ気持ちの整理がつかないんだ。でもいつか必ず、この家を出るよ」

僕が言うと、姉さんは涙《なみだ》を浮《う》かべながら、

「雫、ごめんね。その時が来たら、すぐに連絡《れんらく》をするのよ。必ず迎《むか》えに来るからね」

「うん。ありがとう。……もう、行った方がいい」

姉さんに微笑《ほほえ》み、それから姉さんの隣《となり》に座っている人に、

「姉さんを、よろしくお願いします」

頭を下げると、実直そうな彼は僕に向かって心配そうに言う。

「本当に大丈夫かい、雫くん？　私に遠慮《えんりょ》をしているのなら……」

「そうじゃありません。僕は大丈夫です。それより、見つかると大変ですから……」

僕が言うと、彼はうなずき、運転手に指示を出して車を発進させる。僕はテールランプが見えなくなるまで見送り、それからやっとため息をつく。

「……よかった……」

僕は呟《つぶや》いて踵《きびす》を返し、それから暗澹《あんたん》たる気持ちで思う。

……姉さんが逃《に》げたことを知ったら、お祖父《じい》様や伯父《おじ》さんは、どんなに怒《おこ》るだろう？

それを考えると少し怖《こわ》いけれど、僕が盾《たて》になって時間を稼《かせ》がなきゃいけない。姉さんと、その運命の人である小山内《おさない》さんが、安全な場所に逃げ切るまで。

小山内さんは姉さんの中学校の時の同級生だ。実直で硬派《こうは》で優しい人柄《ひとがら》の彼は、身体《からだ》の弱い姉さんを支え、ずっと大切にしてくれていた。二人が一緒にいる様子はとても微笑ましく、僕はこのまま幸せな結婚《けっこん》をするのだと信じて疑わなかった。

だけど両親が亡くなって英国にあるこの屋敷《やしき》に引き取られた時、お祖父様は姉さんに向かってにこやかに言った。「ユウコには、私が選んだ相手と結婚してもらうよ」と。

しかも、どういう手段を使ったのか解《わか》らないけれど、お祖父様は姉さんに恋人《こいびと》がいることを知っていた。それだけでなく、小山内さんの名前やプロフィールまでも。「きちんと別れておかないと、相手の身の安全は保障できないよ。どんな手段でもとる用意があるからね」と言われて、姉さんはショックのあまり失神してしまった。お祖父様の顔に浮かんでいた笑みも、声も、とても優しげだった。しかしその目はその言葉が本気であることを示すように、凶暴《きょうぼう》に光っていた。あの日に感じた恐怖《きょうふ》を思い出すだけで、未《いま》だに血の気が引く。

……でも、姉さんに政略結婚なんか、させるわけにはいかないんだ。

姉さんを迎えに来る直前、小山内さんは勤めていた京都の割烹《かっぽう》料理屋をやめて店の独身寮《どくしんりょう》を出た。狭《せま》い京都ではすぐに見つかってしまうかもしれないので、東京で小さなアパートを借り、姉さんと一緒に暮らしながら新しい勤め先の店を探すらしい。

彼が勤めていたのは有名な店だったし、今までのキャリアがふいになってしまうのは、きっとすごくもったいないことだろう。だけど、それくらいしないとお祖父様からは逃げ切れない……僕と姉さんはそう判断した。小山内さんも「優子のためならどんなことでもできる」と言って、すべてを捨ててくれた。

僕は塀《へい》に沿って歩き、業者の人が使う小さな裏門をそっと開く。高い塀と屋敷の壁《かべ》に挟《はさ》まれた通路は真っ暗だけど、誰《だれ》かに見つかったら大騒《おおさわ》ぎになる。僕は壁に右手で触《ふ》れて転ばないようにしながら、暗がりの中を早足で歩く。

……ああ、どうしてこんなことになっちゃったんだろう？

僕の名前は桜羽雫。十九歳。英国の大学の英米文学部に通う学生だ。もともとは母の実家がある京都で暮らし、大学に通っていた。勉強し、友人と遊び、家庭教師のアルバイトでお金を貯《た》め……ごくごく普通《ふつう》の生活を送っていた。だけど一年前、すべては変わってしまった。

優しかった両親が事故で亡くなり、僕と姉さんは英国に住む父方の伯父さんの家に引き取られた。ごく普通に平凡《へいぼん》に暮らしていくのだと思って疑わなかった僕と姉さんの生活は、英国に来て完全に変わってしまった。

英国人である父さんは、日本から語学留学をしていた母さんとロンドンで出会った。父さんは、世界的に有名な大富豪《だいふごう》、ブラッドレイ一族の一員。そして母さんは両親をすでに亡くして天涯孤独《てんがいこどく》の身だった。ブラッドレイ一族からの猛反対《もうはんたい》に遭《あ》い、二人はほとんど駆《か》け落ちするようにして日本に来たらしい。結婚をして姉さんと僕が生まれてから、一度だけ里帰りをしたことがあるらしいけれど……その時、母さんは健在だったお祖母《ばあ》様にひどいことを言われてとても傷ついたらしい。それから二人は親戚《しんせき》の話を一切《いっさい》しなくなったし、二度と英国に里帰りすることもなかった。だから僕は両親が事故で亡くなって弁護士さんから遺言を受け取るまで、自分と姉さんが世界的な大富豪ブラッドレイ家の血を引いていることなんか、まったく知らなかったんだ。

もちろん、伯父さんにも、お祖父様にも感謝はしている。身体の弱い姉さんの治療費《ちりょう》をきちんと出してくれたし、僕を英国の大学に編入させ、さらに学費を払《はら》ってくれているし。

……でも、そのために、姉さんを政略結婚の駒《こま》にさせることなんか絶対にできない。

僕は狭い通路を歩き抜《ぬ》け、使用人さん達が使う厨房《ちゅうぼう》の裏口のドアをそっと開く。見回してひと気がないことを確かめてから、中に入る。窓からの月明かりだけを頼《たよ》りに厨房を抜け、両側に使用人さん達の部屋が並ぶ狭い廊下《ろうか》を足音を忍《しの》ばせて歩く。

ここはロンドンの郊外《こうがい》にある豪奢《ごうしゃ》なマナーハウス。ブラッドレイ一族が所有する城の一つで、父さんの一番上の兄であるロベルト伯父さんが住んでいる場所だ。

伯父さんは何度も結婚と離婚を繰《く》り返《かえ》していて、今は奥さんがいない。生まれてきた四人の子供を引き取っていたけれど、長女はフランスの富豪《ふごう》の家に嫁《とつ》ぎ、次女はある事情でアラビア半島在住。息子《むすこ》二人はすでに成人して、ブラッドレイ一族の経営する会社で取締役《とりしまりやく》をしている。アラビア半島にいる次女の話はなぜかタブーらしく、名前も教えてもらえなかった。ほかの三人とも、ほんの一度顔を合わせただけ。しかも三人は僕らの存在を疎《うと》ましく思ったのか、話すどころかろくに視線を合わすことすらしてくれなかった。従兄弟《いとこ》に会えるのだと楽しみにしていた姉さんが、とても落胆《らくたん》していたのを覚えている。

……一年も経《た》つのに、どうしても慣れることができない。やっぱりここは僕がいるべき場所じゃないんだろう。

湿《しめ》った匂《にお》いのする薄暗《うすぐら》い廊下を歩きながら、僕は思う。中庭に面した窓からは、別棟《べつむね》にある屋敷が見渡《みわた》せるけれど……そびえたつ城は、豪奢というより陰鬱《いんうつ》という言葉が似合う。

伯父さんと僕と姉さんだけが住んでいる城では、ほとんどの部屋が使われないまま放置されていた。しかも伯父さんは海外の支社を飛び回る忙《いそが》しいジェットセッターで、この城にはほとんど興味を示さなかった。新しい人を雇《やと》う気もないのか、働いているのは高齢《こうれい》の使用人さんがほとんどだった。補修もされないままなので、城はどこも寒く、薄暗く、湿っていた。いかにも幽霊《ゆうれい》が出そうな不吉《ふきつ》な雰囲気《ふんいき》で、怖いものが嫌《きら》いな姉さんはよく怯《おび》えていた。

……でも、今のこの状況《じょうきょう》は、幽霊に取り囲まれてでもいるほうがまだマシだ。まるで、性質《たち》の悪いお伽噺《とぎばなし》の中に紛《まぎ》れ込んでしまったみたいだ。

僕は、この屋敷に来た初日にお祖父様から聞かされた、不可思議な話を思い出す。

……いや、最後は幸せになれるんだから、お伽噺のほうがずっといい。

このブラッドレイ一族には、ある言い伝えがある。『身体に幸運の星を持つ人間は、契《ちぎ》った男に幸運をもたらす』というもの。そして僕にも優子姉さんにも、その痣《あざ》がある。姉さんは肩《かた》、僕は鎖骨《さこつ》の下と場所は違《ちが》うのだけれど……まったく同じ、星の形の小さな赤い痣だ。ブラッドレイ家の紋章《もんしょう》は二頭のユニコーンが星を挟んで向かい合っているものなんだけど、その星は『幸運の星』と呼ばれ、一族の証《あかし》といわれているという。

お祖父様の話によると、ブラッドレイ家の女性は古《いにしえ》の昔から世界中の王侯《おうこう》貴族に奇跡《きせき》をもたらしてきたらしい。正式な結婚じゃなくても、秘密の愛人としてもその奇跡は発動する。ロベルト伯父さんの次女も身体に幸運の星を持っていて、アラビア半島に住む大富豪と愛人契約《けいやく》を結んでいると聞いた。そして次女を愛人にした後、その大富豪はさらに巨万《きょまん》の富を得たという。

正式に結婚できることはほとんどないので歴史には残っていないのだけれど……ブラッドレイ一族の先祖が契約を交わした相手は、歴史的に見てもそうそうたるメンバーだと聞いた。そしてお祖父様の口ぶりから推察すると……ブラッドレイ一族は幸運の星を持つ娘《むすめ》を愛人として差し出す代わりに、莫大《ばくだい》な見返りを得てきたのだと思う。

……姉さんは、そんな言い伝えと、こんな小さな痣のおかげで、政略結婚させられるところだったんだ。

僕は、悔《くや》しさに拳《こぶし》を握《にぎ》り締《し》めながら思う。

この屋敷に来てからの一年間、今日のことを思ってずっと頑張《がんば》って来た。大学に行って少しは気を紛らわすことのできる僕はともかく、姉さんは『傷物になっては大変だ』と言われ、ほとんど屋敷に軟禁《なんきん》されているような状態だった。愛する小山内さんに会えない寂《さび》しさと、いつかは見知らぬ男の愛人にされるのではないかというストレスで、姉さんは精神的にも限界だった。

……もしも僕が身代わりになれるものなら、いくらでもなるのだけれど……。

星を持って生まれてくるのは、普通は女性だけ。男はとても珍《めずら》しいらしい。星を持つ人間は、契った『男』だけに幸運をもたらす。だからいくら星を持っていても、男では役には立たないのだとお祖父様から聞かされた。だから僕では姉さんの代わりにはなれないんだ。

一族に逆らってする結婚には、言い伝えの奇跡は発動しない……お祖父様はそうも言っていた。だから自分に逆らうな、と。だけど姉さんは、お金持ちの愛人になって贅沢《ぜいたく》をしたいなんて、これっぽっちも思っていない。お金なんかなくたって、姉さんと小山内さんならきっと幸せになれるはずなんだ。

僕は思いながら、大階段のある玄関《げんかん》ホールへのドアを開き……。

「……っ！」

真っ暗だと思っていた玄関ホールに、煌々《こうこう》と明かりがついていることに驚《おどろ》いて立ちすくむ。

「姉弟揃《きょうだいそろ》って、とんでもないじゃじゃ馬だ」

声がして、僕は慌《あわ》てて大階段のほうを見上げる。そしてそこに立っている人物を見て思わず息を呑《の》む。

階段を下りてくるのは、パジャマの上にガウンを羽織った長身の男性。年齢《ねんれい》は五十歳を超《こ》えているけれど、陽《ひ》に灼《や》けた肌《はだ》と整った顔が年齢を感じさせない。彼はブラッドレイ一族の次期総帥《そうすい》であり、僕の父方の伯父《おじ》……ロベルト・ブラッドレイ。亡くなった父さんの年の離《はな》れた兄だけど、その冷たい雰囲気は父さんとまったく似ていない。彼は見るものを凍《こお》りつかせそうな目で僕を見据《みす》えて言う。

「……裏門から、怪《あや》しいタクシーが走り去るのが見えた。嫌《いや》な予感がしてユウコの部屋にメイドを行かせたら、すでにもぬけの殻《から》だった」

伯父はエントランスホールを突《つ》っ切って、僕のすぐ前に立つ。そして僕を見つめ、地の底から響《ひび》くような怒《いか》りのこもった声で言う。

「いったい誰に頼《たの》まれた？　いくら金をもらった？」

その言葉に、僕は愕然《がくぜん》とする。

「そんな！　お金なんか、もらっていませ……あっ！」

伯父の大きな手が、僕のシャツの襟首《えりくび》を両手で摑《つか》み上げる。

「まさか……ユウコが付き合っていたという、あの貧乏《びんぼう》な日本人シェフと一緒《いっしょ》なのか？　このまま英国から日本に逃《に》げるつもりなのか？」

そのまま踵《かかと》が浮くほど持ち上げられて、息ができなくなる。頸動脈《けいどうみゃく》を締められているせいか、目の前がだんだん暗くなってくる。がくがくと揺《ゆ》さぶらされて意識が遠のきそうになる。

……だけど、姉さんの行方《ゆくえ》だけは絶対に言えない……！

「言え！　ユウコはどこに行った？」

「ロベルト様！」

家令のアドルフが叫《さけ》び、駆け寄ってくる。

「おやめください！　シズク様も、ブラッドレイ一族にとっては大切な方なのですよ！　何かあったら、ヘイワード様になんと言われるか……！」

必死な様子の彼の言葉に、伯父さんは忌々《いまいま》しげに舌打ちをして、僕の身体《からだ》を強く突き放す。

僕は床《ゆか》に転がり、立ち上がれないまま激しく咳《せ》き込む。

「SP達を集めてすぐに空港に行かせろ！　空港近くのホテルもしらみつぶしに捜《さが》せ！　父上への連絡《れんらく》も忘れるなよ！」

伯父さんは叫び、集まってきていた使用人さん達が慌てたように散っていく。

「……シズク、本当に、とんでもないことをしてくれたな」

伯父さんは僕を見下ろし、それからとても不快そうに眉《まゆ》を寄せる。

「おまえには、この償《つぐな》いをしてもらわなくてはいけない。想像するだけで胸が悪くなるが、仕方がない。おまえが、自分で招いたことだからな」

「……ああ……ジョエル様の二の舞《まい》だなんて、なんとおいたわしい……」

アドルフさんが悲痛な声でそう呟《つぶや》いたのが聞こえて、全身から血の気が引く。

「ジョエル叔父《おじ》さん……？　父さんから、名前だけは聞いたことがあります。一番下の弟で、とても可愛《かわい》がっていたと……」

僕が言うと、伯父さんはあからさまに嫌そうに眉をひそめて、

「ジョエルの話はしたくない。まったく、とんだことになったものだ」

……怖《こわ》い……でも……。

僕は拳を握り締めながら、決意を固める。

……僕は男として姉さんを守る。そのためなら、自分がどんな目に遭《あ》ってもかまわない。

アンドレイ・ローゼンフェルド

「『幸運の星』を持つブラッドレイ家の娘と、どんなことがあっても結婚《けっこん》するんだよ」

「そのために、汚《けが》れた血の混ざったおまえを、ここまで育ててやったのだからね」

ロシアと国境を接するサンクト・プロシアン。ここは、首都サンクト・プロシアンの郊外《こうがい》にあるローゼンフェルド家が所有する屋敷の一つ。今は二人の祖母が住んでいる。豪奢《ごうしゃ》な応接室に置かれた二つの椅子《いす》は、まるで玉座のように装飾《そうしょく》過多だ。

そこには、黒いドレスを着た白髪《はくはつ》の老女が二人、並んで座っている。皺《しわ》だらけの手には数え切れないほどのダイヤモンドの指輪。白髪を高く結い上げた髪型《かみがた》も、舞台《ぶたい》女優のように分厚い化粧《けしょう》を施《ほどこ》した顔も、まったくの瓜二《うりふた》つ。しわがれた声、黒檀《こくたん》の杖《つえ》を振《ふ》り回しながらしゃべるその仕草までがそっくりで、彼女達を見るたびに、まるで滑稽《こっけい》なお伽噺の中に紛れ込んでしまったかのような気分になる。

彼女達は、サンクト・プロシアンが王政だった頃《ころ》からの古い血筋、ローゼンフェルド家の前当主。私の祖母に当たる人々だ。

私の名前は、アンドレイ・ローゼンフェルド。二十八歳。ローゼンフェルド・グループの総帥であり、ローゼンフェルド家の現当主だ。容赦ない経営者としてライバル企業から『野獣』と呼ばれる私は、何も怖いものがない……はずなのだが、複雑な生い立ちは消すことができない。この二人との血のつながりも。

「聞いているのかい、アンドレイ？」

「当主になったからと言って、ローゼンフェルド家に逆らうことは許さないよ」

二人の祖母が、身を乗り出しながら言う。私はいつも通りの台詞《せりふ》に、内心ため息をつく。

「もちろん承知しております。どんなことでも、仰《おお》せの通りに」

礼をして慇懃《いんぎん》に言うと、二人は満足げにうなずく。

「おまえは卑《いや》しいチェレゾフ家の血を引く人間だけれど、容姿だけはピカ一だ。なんと言ってもおまえの父親にそっくりの美貌《びぼう》だからねえ。どんな手でも使っていいから、ブラッドレイ家の娘《むすめ》の心を虜《とりこ》にするんだよ」

「聞けば、屋敷《やしき》から出たこともないような箱入《はこい》り娘だそうじゃないか。おまえがその顔で微笑《ほほえ》めば、きっとあっという間に夢中になるよ。……ただし」

祖母はゆっくりと手を上げ、尖《とが》った爪《つめ》を持つ指で、私の右目を真《ま》っ直《す》ぐに指差す。

「その野獣のような色の右目だけは、絶対に見られるんじゃないよ。せっかく父親そっくりの美貌に生まれついたのに、右目だけが母親に似るだなんて……ああ、恐《おそ》ろしい……」

祖母が恐ろしそうに身体を震《ふる》わせ、もう一人の祖母が手に持ったロザリオを握り締める。

「いったいなんの因果だろう？　ローゼンフェルド家の当主であるおまえが、あのチェレゾフ家の血を受け継《つ》いでいるだなんて！　ああ、その証《あかし》であるその右目が忌《い》まわしい……！」

今まで何百回も聞かされてきた、二人のこの言葉。子供の頃は、自分がまるで怪物《かいぶつ》にでもなったかのように感じて、本当に傷ついたものだ。

……もちろん、今はもうなんとも思わないが。

「人前でコンタクトレンズを外す気はありません。自分がチェレゾフ家の血を引くことを、口外する気もありません。そしてローゼンフェルド一族のために、なんとしてもその女性を妻にします。……これでよろしいですか？」

私は言いながら、椅子から立ち上がる。おとなしく二人のグチを聞いていると、冗談《じょうだん》ではなく本当に朝になってしまうのだ。

「明日も仕事がありますので、このへんで失礼します」

私が言うと、二人は不機嫌《ふきげん》な顔になって、

「さっさと帰るがいいよ。気の毒な年寄りの話を、ろくに聞こうともしないんだからね」

「おまえの父親は、年長者に対してそんな口の利《き》き方は一度もしたことがなかったよ。アンドレイの冷たい性格は、やっぱりあの女にそっくりで……」

私は続きを聞かずに二人に頭を下げ、そのまま部屋を出る。

「アンドレイ様」

駆《か》け寄ってきたのは、この屋敷の家令であるヴァシリー。彼には昔からとても世話になっている。彼や使用人達がいたおかげで、私は祖母達に虐《しいた》げられる生活を耐え抜《ぬ》くことができたのだと思う。

「部屋の外まで、お二人の声が聞こえてまいりました」

ヴァシリーは、とても心配そうに私を見上げて言う。

「お二人も、本気でああおっしゃっているわけではないのです。ですからどうか、気落ちなさらないように……」

昔と変わらないその言葉に、私は思わず微笑んでしまいながら言う。

「大丈夫《だいじょうぶ》だ。私はもう子供ではない。どんな言葉も平然と聞き流せる年になった。……だが、気遣《きづか》いをありがとう」

私は言ってヴァシリーの肩《かた》を叩《たた》き、自分の城に戻《もど》るために廊下《ろうか》を歩きだす。

……もう、こんなことには慣れきった。

両親が亡くなってから、さまざまなことがあった。そして私は絶望に疲《つか》れ、すべてをあきらめ、何も考えずに受け流す術を覚えた。

……どんなことを言われても、氷河のように凍《こお》りついた私の心には、もう何も届かない。

私の父は、このローゼンフェルド家の当主だった。そして私の母はローゼンフェルド家と深い因縁《いんねん》のあるチェレゾフ家の出身。学生時代に知り合って愛し合った二人だが、両家の猛反対《もうはんたい》で結局籍《せき》を入れることは叶《かな》わず、強引に引き離《はな》された。しかしその時、すでに母の腹には私がいたらしい。

私はチェレゾフ家の城で生まれ、そのまま母や母方の祖父母の手で育てられたが、直系の子息である私が敵であるチェレゾフ家で育てられることを、ローゼンフェルド家の双子《ふたご》の祖母は絶対に許そうとしなかった。

母方の祖父……当時のチェレゾフ家の当主が急死した次の日。葬儀《そうぎ》のどさくさにまぎれて、双子の祖母は子供だった私を拉致《らち》した。車の窓から助けを求める私を見つけた時の、母の悲痛な叫びを未《いま》だに忘れることができない。

父母は両家に知られないようにお忍《しの》びで会い、親子三人で知らない場所で暮らす計画をたてていた。だが、その逢瀬《おうせ》の途中《とちゅう》で事故で亡くなった。双方《そうほう》の直系の子孫を亡くした、チェレゾフ一族とローゼンフェルド一族はさらに因縁を深め、未だに和解する気配はない。

……私の人生に、果たして意義などあるのだろうか？

私は廊下を歩き抜け、美術館のように広大なエントランスホールに出る。三階層吹《ふ》き抜けになっている高い天井《てんじょう》に、私の靴音《くつおと》が響《ひび》き渡《わた》る。大理石が張られた壁《かべ》には、金色の額に入れられたローゼンフェルド一族の当主達の肖像画《しょうぞうが》がずらりと並ぶ。彼らに監視《かんし》されているかのような居心地《いごこち》の悪い思いを感じながら、大階段を見上げる。大階段の踊《おど》り場《ば》にはひときわ巨大《きょだい》な肖像画。それはローゼンフェルド家の紋章《もんしょう》が飾《かざ》られた応接室に立つ、私の肖像画だ。

殺人的なスケジュールで世界中を飛び回っている私には、悠長《ゆうちょう》に画家の前でポーズを取る時間などなかった。私は出社する直前のスーツ姿のまま、写真を一枚撮《と》られただけ。しかし肖像画に描《えが》かれた私は、パーティー用の燕尾服《えんびふく》を着て大舞踏室《ぶとう》の暖炉《だんろ》の前に立っている。私の背後には、バラと獅子《しし》をかたどったローゼンフェルド家の紋章が誇《ほこ》らしげに輝《かがや》いている。私の両脇《りょうわき》には、玉座のように立派な二つの椅子。そこに座っているのは、黒いレースのドレスを着た双子の祖母。二人は口元に慈悲《じひ》深い笑みを浮《う》かべ、いつもの彼女達とはまったく別人のようだ。まるで、愛し合う仲のいい家族のように見えるこの肖像画は、見るたびに私の背筋を寒くする。

私は、そこに描かれた自分の顔を見つめる。

……この絵には、もう一つの嘘《うそ》がある。

いかにも当主らしく強い光を帯びた私の瞳《ひとみ》は、深いブルー。祖母達とまったく同じ、ローゼンフェルド一族に代々受け継がれる瞳の色だ。

……たしかに私の左目は、このブルー。しかし、右目は……。

私は思い、ふいに右目が痛むような感覚を覚えてため息をつく。

「……くだらない。すべてが茶番だ……」

私は右目に入れているオーダーメイドのコンタクトレンズを外し、それをポケットから出したケースにしまう。祖母に見られたらとんでもないと騒《さわ》がれるだろうが、ここまでは追って来ないだろう。

私は、いがみ合うローゼンフェルド家とチェレゾフ家の間に生まれた許されない子供。左目はローゼンフェルド家の一員であることを示す濃《こ》いブルー。そして……コンタクトレンズを外した右目は、チェレゾフ家の一員であることを示す野生の肉食獣《にくしょくじゅう》のような金色をしている。

父は私をありのままに育てたいと強く希望したが、双子の祖母やほかの親類達の猛反対を受けた。私は幼い頃には眼帯、少し大きくなってからはコンタクトレンズを着けて金色の目を隠《かく》すようにと、祖母達からきつく言われて育った。

両親が事故で亡くなった後、祖母達はチェレゾフ一族との長い戦いの末に私の養育権を勝ち取った。チェレゾフ一族は卑しく強欲《ごうよく》で、母はひどい女だった、愛する父が亡くなった原因はチェレゾフ一族と母にあるのだと、私は毎日のように言い含《ふく》められた。それを聞くたび自分が生まれてきたことにはなんの意味もないのだと、思い知らされる気がした。

……あの思い出がなければ、こうして生きて来られたかどうかにすら、自信がない。

私は自分の目を見つめながら、あの夜のことを思い出す。

あれは、私が高校生の頃《ころ》のクリスマスの夜。スイスの寄宿学校の休暇《きゅうか》で、サンクト・プロシアンにある今の私の居城……ローゼンフェルド城に戻った時のことだった。

◆

ローゼンフェルド城では、世界中から王侯《おうこう》貴族を招待した華《はな》やかなパーティーが行われていた。だが、もちろん私には居場所がなかった。

……学校に残って勉強をしていたほうが、よほど有意義だったのに。

厳しい学生会長の私は、下級生達からは恐れられてはいたと思う。だが、一応親しい友人もいたし、信頼《しんらい》してくれる教師もいた。少なくとも居場所はあったと思う。もしも可能なら学校に残っていたかったが……父が亡くなった今、次期当主候補は数名に絞《しぼ》られていた。私以外の候補は祖母には制御《せいぎょ》しづらい伯父《おじ》達、それに放蕩者《ほうとう》の従兄弟《いとこ》達。そのために祖母は私を候補として推すと決めた。それにより、私は社交界に顔を売るようにと命令されていた。数え切れないほど開かれるパーティーの中でも一番のＶＩＰが集まるクリスマスの集いに、欠席が許されるわけがなかった。

「……くだらない。すべてが茶番だ」

呟《つぶや》きながらトピアリーの間を歩き、私は城の裏側に向かう。城の裏には深い針葉樹の森が広がり、その手前には狭《せま》い裏庭がある。こんな地味な場所に招待客は来ないし、使用人もわざわざ捜《さが》しに来ることもないだろう。猫撫《ねこな》で声で私をＶＩＰに紹介《しょうかい》する祖母達の毒気にすっかり当てられてしまった私は、一人きりで風に吹かれ、まっさらな雪が見たかった。

城の裏庭に出た私は、裏庭の雪の上に小さな足跡《あしあと》が続いていることに気づいた。それを辿《たど》ると、雪の上には小さくて白い野ウサギがいた。ウサギは後ろ足で立ち上がり、警戒《けいかい》するように鼻を動かしながら私を見つめている。

愛くるしいウサギに心を魅《ひ》かれ、私は思わず一歩を踏《ふ》み出す。その瞬間《しゅんかん》、ウサギは驚《おどろ》いたようにピクリと反応し、雪の上を跳《は》ねて森の中に入っていく。私は導かれるようにして森に踏み込み……そこで、ウサギよりも少し大きな、しかし純白の毛皮をまとった動物を見つけた。

私は驚いて足を止め、そのふわふわとした丸い背中を見つめる。そしてそれが、純白の毛皮のコートを着た小さな子供であることに気づく。

……あのウサギが、人間に変身したかと思った。もちろん、そんな非現実的なことがあるわけがないのに……。

きっと、パーティーに参加しているゲストの子供だろう。身体《からだ》の大きさからして、小学校の低学年くらいの年齢《ねんれい》に見える。その子は鈴《すず》を転がすような可愛《かわい》い声で何かの歌をハミングしながら、雪で何かを作っているようだ。

私が声をかけようとした時、近くのヒバの木の枝から、バサバサと音を立てて雪が落ちた。その子は驚いたように歌をやめて木を見上げる。そして視線をめぐらせ……呆然《ぼうぜん》と立っていた私の姿を見つけてさらに驚いたように大きく目を見開く。

「……あ……っ」

長い睫毛《まつげ》に縁取《ふちど》られた大きな目、少し赤みを帯びた紅茶色の瞳。純白の肌《はだ》とバラ色の頬《ほお》。デザートに添《そ》えられたチェリーのように赤い唇《くちびる》。

まるでお人形のように整った容姿の、とんでもなく可愛らしい子供だった。

艶《つや》のある茶色の髪《かみ》は、ショートカット。利発そうに煌《きら》めく瞳はやんちゃな男の子のようでもあり、妖精《ようせい》のような雰囲気《ふんいき》は女の子のようでもある。

その子はフードつきの真っ白な毛皮のロングコートを着て、白いスラックスをはいていた。足元は毛皮があしらわれた白いブーツ。手にはふわふわとしたミトン型の手袋《てぶくろ》をしている。

……本当に、なんて美しい子供なのだろう？

私は美術品でも前にしたかのようにその子供に見とれてしまい……それからその子が、雪で作られた動物を手に持っていることに気づく。丸い身体に柊《ひいらぎ》の耳。赤いベリーで作られた目。

「お父さんとお母さんから聞いたの」

その子が、可愛い声で言って立ち上がる。

「……あのね、僕、魔法《まほう》が使えるはずなんだ」

私は、将来のためにと幼い頃から数ヵ国語を学ばされていた。その子が話した言葉はその中の一つ。日本語だった。

「だから、このウサギちゃん達が本物になるんじゃないかと思って」

彼は真剣《しんけん》な顔で私に言い、それから足元を見下ろす。そこには同じような形の雪ウサギが、たくさん並んでいた。

「でも、全然ダメなんだ。やっぱり僕じゃ、魔法は使えないのかなあ?」

少し悲しげな言葉に、私は思わず日本語で返す。

「さっき、逃《に》げて行くウサギを見かけたよ。君の魔法が効いたんじゃないかな?」

「本当に?」

その子は、驚いたように目を見張る。

「じゃあやっぱり、僕でも役に立てるのかな?」

「きっとそうだよ」

私が言うと、その子はふいに嬉《うれ》しそうな笑みを浮かべる。まるで純白のバラが咲《さ》いたかのような華やかで麗《うるわ》しいその笑顔に私はまた見とれ……。

……雪ウサギ……か……。

「そうなの？　嬉しい！」

彼は言って、ふいに私に駆《か》け寄り、そのまま抱《だ》きついてくる。彼の身体は軽かったし、たいしたスピードでもなかったのだが……人との接触《せっしょく》に慣れていない私は、とても驚いてしまう。思わず後退ろうして雪に靴《くつ》を取られ、そのまま尻餅《しりもち》をつく。

「……わあ……っ」

その子は驚いたように声を上げ、私にさらにしっかりと抱きつく。そして一緒《いっしょ》に倒《たお》れてきて、私の上に馬乗りになる。彼の身体が想像したよりもさらに一回り細く、羽根のように軽いことに私は驚く。

……本当に、ふわふわした毛皮をまとった小動物のような子だ。

私は微笑《ほほえ》ましく思い……それから、右目に常に感じていた微《かす》かな違和感《いわかん》がなくなっていることに気づいて青ざめる。

……転んだ拍子《ひょうし》に、右目のコンタクトレンズを落としてしまったのか……！

学校では、私は絶対に人前でコンタクトレンズを外さなかった。ゴシップ好きの生徒達はともかく、親しい友人達はそんなことで私を嫌《きら》ったりはしないだろう。もちろん頭では解《わか》ってはいたのだが……双子《ふたご》の祖母に「金色の目が忌《い》まわしい」と繰《く》り返し言われてきた私は、自分のことを許されぬ異端者《いたんしゃ》のように感じていた。そしてこの金色の瞳《ひとみ》は、その証《あかし》のようで……。

私は慌《あわ》てて目を隠そうとするが……その子が陶然《とうぜん》とした表情で、私の目を覗《のぞ》き込んできたことに気づいて動けなくなる。

「……絵本に出てきた、優しい野獣《やじゅう》さんと同じ。青と、金色の目だ」

彼は私の両目を見比べながら、うっとりと言う。

「私のこの目が、怖《こわ》くないのか？」

言うと、彼は大きくうなずく。揺《ゆ》れる茶色の髪が、サラリと音を立てる。

「怖くないよ。……すごく綺麗《きれい》で、ずっと見ていたい」

ふわふわとした白いミトンに包まれた彼の小さな手が、私の頰に触《ふ》れてくる。

「僕は、誰《だれ》かに幸せをあげるために生まれたんだって。だから、お兄ちゃんのことも幸せにできればいいのに」

彼は囁《ささや》いて身を屈《かが》め、私の瞼《まぶた》の上に、そっと唇をつける。左、そして右。

「綺麗な目をした、優しい野獣さん。あなたはきっと、世界で一番幸せになる」

彼の唇の感触《かんしょく》に、私は陶然とした。家では疎《うと》まれ、学校では隙《すき》のない学生会長として恐《おそ》れられていた私は、誰かの体温に触れることすら忘れていた。

……あたたかい……。

私は自分の身体に重なっている彼の体温を感じながら、思う。

……なんてあたたかいんだろう……？

私が陶然としそうになった時……。

「シズク！　どこなの？　庭で待っててって言ったのに……」

森の中に響《ひび》いたのは、困り果てたような女の子の声だった。その子はピクリを身体を震《ふる》わせ

て、私の上から身を起こす。

「ユウコお姉ちゃんだ」

言ってぴょこんと立ち上がり、私に笑いかける。

「僕、行くね。野獣さん。……バイバイ」

その子はにこりと笑って私に小さく手を振《ふ》り、そのまま木々の間を縫《ぬ》って走っていく。

「お姉ちゃん！」

「シズク！　こんなところにいたのね！」

木々の間から聞こえてくる声が、ゆっくりと離《はな》れていく。

……シズクという名前なのか……。

私は思い、それから日本語の『僕』という一人称《いちにんしょう》は、男性だけが使うことを思い出す。

……女の子のように可愛かったけれど、男の子だったんだな……。

そしてその小さな存在は、私の胸に深く刻み込まれてしまった。もちろん、その子供の素性など知る術がなかったし、二度と会うことなどできないことはわかっていたのだが。

桜羽雫

大舞踏室《ぶとう》の大きな扉《とびら》の前で、僕は思わず立ちすくむ。

……この中に、お祖父様《じい》がいる……。

自分の居城から駆けつけてきたお祖父様を待たせてはいけない、すぐに部屋に入らなければいけないと解っているのに、どうしても声をかけてノックをすることができない。

ふいに、「僕は一緒に行かない」と初めて言った時の、姉さんの悲しげな目を思い出す。

……一緒に行けたら、どんなによかったか……。

僕は思い、胸が痛むのを感じる。

……だけど、僕はここに残って、二人が無事に逃げるための手助けをしなくちゃいけない。

大舞踏室に来る途中《とちゅう》、僕はポケットからスマートフォンを出して、小山内さんに短いメールを送った。「伯父《おじ》さんが捜《さが》しています。空港は危険」と。小山内さんからはすぐにレスが来て、「君が言ったとおりだったね。さっきホテルに着いた。君の友人はとてもいい人だね」と。

伯父さんが、空港に手を回すことは容易に予想できた。だから小山内さんと優子姉さんは、しばらくロンドン市内に身を隠《かく》す予定だ。そこは僕の大学の友人の実家で、小さなホテルをやっている。彼に頼《たの》んで、別の名前でチェックインさせてもらった。だから、さすがの伯父さんも捜し出すことは難しいはずだ。二人は数日間をそこで過ごした後、バスでウェールズのカーディフという港に向かう。そこから小型客船でノルウェーのオスロに向かい、そこで飛行機に乗り換《か》えて一気に日本に向かう予定だ。

伯父さんは仕事でしょっちゅう海外には行くけれど、利用するのは有名エアラインの国際線のファーストクラスだけ。しかも支社のある大都市にしか降り立ったことがない。だから、バスや小型の客船という発想はしばらく出ないだろうと僕らは予想した。そしてこのルートを決め、何か危険があったらすぐに小山内さんにメールをするという段取りを決めた。

……屋敷《やしき》に残った僕は、反省している様子を装わなくてはいけない。そして伯父さんやお祖父様の動向を探り、それを伝えて二人の危険を減らさなくてはいけない。

「シズク？　そこにいるのだろう？」

ドアの向こうからいきなり声が響き、僕は驚《おどろ》きのあまり硬直《こうちょく》する。

「怖がらないで入ってきなさい。可愛《かわい》いおまえを叱《しか》ったりはしないからね」

それは祖父であるヘイワード・ブラッドレイの声。いかにも優しげな猫撫《ねこな》で声に、さらに怖さが増してしまう。

……でも、ここで逃げることなど、もうできない。

「失礼します」

僕は言ってから、ドアを開く。

ドアの向こうは、応接室になっている。パーティーなどで正式なお客さんを招いた時の豪華《ごうか》な応接室もあるけれど、ここは家族が親しい友人を招いた時に使われる部屋。小花の花柄《はながら》やチェックが多用されたインテリアは、いかにも英国の田舎《いなか》風にしつらえられている。

「おお、シズク」

ソファに座って紅茶を飲んでいたお祖父様が、にっこりと笑って手招きをする。

「さあ、こちらに座りなさい」

お祖父様は言って、自分の隣《となり》を手のひらで示す。部屋の中にはいくつもの一人掛《が》けのソファがあるのに、お祖父様は窮屈《きゅうくつ》そうな二人掛けのソファに座っていた。お祖父様は矍鑠《かくしゃく》として大《おお》柄《がら》だから、僕が隣に座ったら身体《からだ》を密着させることになる。

いくら血が繋《つな》がっているとはいえ、ほんの一年ほど前まではその存在すら知らなかった人。しかも子供の頃《ころ》ならともかく、今の僕は成人式を控《ひか》えた大学生だ。思わず躊躇《ちゅうちょ》した僕を見上げて、お祖父様が笑いながら言う。

「そんなに遠慮《えんりょ》しなくていいんだよ？　家令もここには入ってこないからね。……そうだ、お祖父様が、おまえに紅茶をいれてあげようねえ」

祖父は言いながら、ローテーブルに置かれていたティーポットを持ち上げる。高価なティーカップに紅茶が注がれ、空気の中に紅茶の香《かお》りが広がる。

「さあ、ここに座って、紅茶でも飲みなさい」

お祖父様はローテーブルにティーカップを置き、自分の隣をもう一度叩《たた》く。

「おいで」

にっこり笑われて、僕の背中に冷たいものが走る。僕は唾《つば》を飲み込むけれど、このまま拒絶《きょぜつ》し続けたら、さらにお祖父様を怒《おこ》らせることになるだろう。

「失礼します」

僕は言って、お祖父様の隣にできるだけ浅く腰《こし》かける。

「ロベルトから聞いたよ。ユウコが屋敷から逃《に》げたんだって？」

お祖父様の言葉に、僕はギクリと身を震わせる。

「は……はい」

「シズクも可哀想《かわいそう》にねえ」

お祖父様の口から出た言葉に、僕は驚いて顔を上げる。

「……え？」

お祖父様は、その皺《しわ》だらけの顔に、同情したような表情を浮《う》かべて言う。

「自分だけが幸せになろうとして、おまえを置いて逃げてしまったんだろう？　本当にひどい姉さんだ」

「……っ」

僕は「違《ちが》います！」と叫《さけ》びそうになって、慌《あわ》てて唇《くちびる》を噛《か》む。お祖父様は、

「ユウコの行方《ゆくえ》は、もちろん捜すつもりだ。だが、ユウコをかどわかした憎《にく》いあの男はとても狡猾《こうかつ》だ。すぐに連絡《れんらく》をしたのだが、今までの住居も職場も捨てて行方をくらましている。すぐ

には見つからないかもしれないねえ」

その言葉に怒《いか》りが湧《わ》き上がるけれど、僕は必死で感情を抑《おさ》える。何か余計なことを口にしたら、二人の行方の手がかりになるようなことまで言ってしまうかもしれない。

……小山内さんを悪く言われるのは心外だ。だけど今は……。

お祖父様は反応をうかがうように真《ま》っ直《す》ぐに僕を見つめ、それから憂《うれ》わしげな深いため息をつく。

「ユウコが見つかるまで待つことはできないだろうな。だとしたら、おまえにはこれから、姉さんの代わりに重要な役目を担ってもらわなくてはいけない」

「役目？」

予想外の言葉に、僕は警戒《けいかい》も忘れて思わず聞いてしまう。お祖父様はうなずいて、

「おまえはブラッドレイ家の一員として生まれ、しかもその身体に幸運の印を持っている。そういう者にしか果たせない、大切な役目だよ」

「たしかに、僕の身体には星の形の痣《あざ》があります。でも……」

僕は、全身からゆっくりと血の気が引くのを感じながら言う。

「僕は男ですから、男性と結婚《けっこん》することはできません。だから痣があったとしても、一族のお役に立つことはできなくて……」

「おまえには、できれば言いたくなかったのだが……」

お祖父様は気の毒そうな顔で、僕の言葉を遮《さえぎ》る。

「本当は、男のおまえでも、一族の役に立つことはできるんだよ」

その言葉の意味が理解できずに、僕は呆然《ぼうぜん》とする。

「……え？　でも……」

僕の言葉を、お祖父様は手を挙げて遮る。

「おまえは、叔父《おじ》であるジョエル・ブラッドレイとは会ったことがないだろう？　ジョエルがこの屋敷を去った時、おまえはまだ九歳だったからね」

その名前に、僕はさらに血の気が引くのを感じる。

「ジョエル叔父さんという人は、今はどうしているのですか？」

「ジョエルは、男なのに幸運の星を持って生まれてきた。おまえと同じだね」

その言葉に、僕は本気で驚いてしまう。

「だが、その話は今ではタブーとされている。十年前、ジョエルはある屋敷に養子に出された。だがそこでひどい扱《あつか》いを受けて重い病気になった。私が最後に面会した時、ジョエルは半死半生の状態だった。今は、きっと、もう……」

お祖父様が、深いため息をつく。僕は鼓動《こどう》が不吉《ふきつ》に速くなるのを感じながら、

「……どうしてそんなことに……」

僕が言うと、お祖父様は、

「最初から話そうか。……おまえは、ドイツの、ベルギウス社という会社を知っているかい？　有名な宝飾品《ほうしょくひん》メーカーだ」

宝飾品にはまったく縁《えん》のない僕だけど、その名前は知っている。日本にいる頃、テレビでCMがしょっちゅう流れていたから。一流のモデルや俳優ばかりを使ったスタイリッシュなCMで、日本でも話題になっていた。会社も一流なんだろうなと思った覚えがある。

「知っていますが……」

「十年前、ジョエルはベルギウス社の取締役《とりしまりやく》だったヒューゴ・ベルギウスの養子になった。養子というのは表向きのことで、実質は愛人だが。……ベルギウス社は老舗《しにせ》だが、先代の浪費癖《ろうひへき》のせいで倒産《とうさん》寸前だった。だがジョエルを得てから、ヒューゴ・ベルギウスには次々に幸運なことが起き、会社は世界トップの売り上げを誇《ほこ》る企業《きぎょう》に返り咲《ざ》いた。たったの一年で」

お祖父《じい》様の言葉を、僕は呆然としたままで聞いていた。

「もちろん、男同士で契《ちぎ》るなど、宗教的には絶対に許されない。だが、その当時、幸運の星を身体に持った人間はジョエル一人しかいなかった。そしてベルギウス家のヒューゴは、数少ないプロイセル王家の血を引く直系の人間だった。その血筋が、私達ブラッドレイ一族の栄光のためにはどうしても必要だったんだよ」

……なんてことだ……。

「ブラッドレイ一族の栄光のために……」

僕の声が、微《かす》かに震《ふる》えている。

「……ジョエル叔父さんは、男性なのに、男性のところに……？」

「もしもヒューゴ・ベルギウスが断れば、その話はなかったことになったはずだ。だが、ジョエルは男なのに本当に麗《うるわ》しい容姿をしていたからね。ヒューゴは、一目でジョエルを気に入ったんだよ」

お祖父様はいかにも憂鬱《ゆううつ》そうに言ったけれど、その声には、どこか楽しむような響《ひび》きがあった。それに気づいた僕の全身から、体温が奪《うば》われていく。

「ジョエルにはその頃、女性の恋人《こいびと》がいてね。『男の自分が、男の慰《なぐさ》み者《もの》になることなど絶対にできない』と強く拒絶したのだが……結局は、ベルギウス家に行くことを承諾《しょうだく》した。可愛《かわい》い恋人に、何か不幸なことが起きてはいけないからね」

……きっと、姉さんと同じように脅迫《きょうはく》されたんだ……。

僕は愕然《がくぜん》としながら、思う。

……だからきっと、ジョエル叔父さんは恋人を守るために……。

「悲痛な顔で迎《むか》えのリムジンに乗せられるジョエルは、とても可哀想でね。おまえの父親……ローレンスが知ったら、とても怒って反対しただろうな。だが、幸運の星を持って生まれた人間は、その義務を果たさなくてはいけない。そういう運命のもとに生まれたのだ」

「ジョエル叔父さんは、そのヒューゴ・ベルギウスという人を幸せにしたんですよね？　なのに、どうしてそんなひどい扱いを……？」

嫌《いや》な予感がして、本当は聞きたくなかった。でも僕は、そう聞かずにはいられなかった。お祖父様はため息をついて、

「ジョエルと契るたび、ヒューゴ・ベルギウスには幸運なことが起きたらしい。ヒューゴは欲《よく》

に目が眩《くら》んでジョエルを夜毎に乱暴に扱い、そして肉体的にも精神的にも壊《こわ》してしまった。もともと男同士で契ることなど、神が許すわけがないからねえ」

お祖父様はさも憂わしげに言い、それから顔を上げる。それから、目をギラリと光らせながら僕の顔をじっくりと見つめる。

「おまえは、あの頃のジョエルに本当にそっくりだ。……とても美しい」

お祖父様のカサカサと乾《かわ》いた手のひらが、僕の頬《ほお》をゆっくりと撫《な》で回す。

「おまえなら、きっとジョエルのようになれるだろう。……幸運の星を必要とする一族は、世界中に数え切れないほどいる。その中から、おまえに似合いそうな男を厳選しなくては」

お祖父様はその顔に、満面の笑みを浮かべながら言う。

「一番の候補は各国の王室関係者かな？　ほとんどが高齢《こうれい》だが……男同士では贅沢《ぜいたく》など言えないね。まずは財産と家柄《いえがら》で選ぼう」

お祖父様は手を下ろし、驚《おどろ》くほど強い力で僕の手を握《にぎ》り締《し》めて熱心に言う。

「喜びなさい、シズク。おまえにも、一族の役に立てる時が来たんだ。……二週間後にこの城でひらかれるクリスマスパーティーを、楽しみにしていなさい」

……ああ、なんてことだ……。

アンドレイ・ローゼンフェルド

「あんな魔女《まじょ》みたいなバアさん達の相手ばかりしていたら、気が滅入《めい》ってしまうぞ」

リムジンの向かい側のシートに座った男が、蝶《ちょう》ネクタイを結びながら言う。

「クリスマスくらい、パーティーにでも出て、パアッと騒《さわ》がなくては」

彼の名前は、イヴァン・ローゼンフェルド。私の従兄弟《いとこ》に当たる。一族経営で苦労せずとも裕福《ゆうふく》に暮らせるせいか、それともあの祖母たちの影響《えいきょう》か……何十人もいる私の従兄弟達は、はっきり言ってろくでなしばかりだ。その中で唯一《ゆいいつ》まともだったのが、このイヴァン。私の叔母《おば》に当たる彼の母親は双子《ふたご》の祖母と衝突《しょうとつ》して家を出、イヴァンは海外で育った。彼が英国に呼び戻《もど》され、ローゼンフェルド・グループの取締役の地位につけたのは、ほかの従兄弟たちがあまりにも使えなかったせいだと言われている。

彼は性格が明るいだけでなく頭も切れ、部下からの信望も篤《あつ》い。今では、ローゼンフェルド・グループをまとめる私の力強い右腕《みぎうで》になってくれている。

「おまえはいつも率直だな。その性格がうらやましい」

私が言うと、イヴァンは可笑《おか》しそうに笑って言う。

「おまえのような堅物《かたぶつ》のそばにいるには、俺みたいなのがぴったりだろう？」

私達の乗ったリムジンが、石造りの城の車寄せにゆっくりと滑《すべ》り込む。運転手が外側からドアを開き、私は車から降りる。

車寄せにはたくさんのリムジンが溢《あふ》れ、豪華《ごうか》に着飾《きかざ》った人々がそこから降り立つ。真紅の絨《じゅう》毯《たん》が敷《し》かれた階段を上って行くのは、世事に疎《うと》い私でも見覚えのある顔ぶればかり。各国の王室関係者や政治家、有名な実業家や、大富豪《だいふごう》達。

「すごい招待客ばかりだな。さすが、幸運の星を持つと言われるブラッドレイ家」

リムジンから降りてきたイヴァンが、エントランスの上にある紋章《もんしょう》を見上げながら言う。そこに刻まれているのは、向かい合う二頭のユニコーン。その間には星が描《えが》かれている。

「ブラッドレイ城でのクリスマスパーティーは毎年恒例《こうれい》だが……今回のパーティーには、いつもとは違《ちが》う趣向《しゅこう》があると聞いてるぞ」

階段を身軽に上りながら、イヴァンが私を振《ふ》り返る。私は思わずため息をついて、

「幸運の星を持つというブラッドレイ家の令嬢《れいじょう》が、結婚《けっこん》相手を探しているのだろう？　お祖母《ばあ》様達から聞いた。どうやら私も候補として名前を挙げられているらしいが」

「知らないのか？　真実はそうじゃない。……いや、お祖母様達のお気に入りのおまえが、筆頭候補なのは間違《まちが》いないだろうが……」

イヴァンは私が階段を上がるのを待って、私の耳に口を近づける。

「結婚相手を探しているのは、ブラッドレイ家の令嬢じゃない。令息だという噂《うわさ》だぞ」

囁《ささや》かれた言葉に、私は思わずまたため息をつく。

「また、おまえ独特の冗談《じょうだん》か？　だが、この件ではあまり笑う気がしないんだ。その話をした時のお祖母様達の満面の笑みを思い出して、憂鬱になる」

エントランスホールに入りながら私が言うと、彼は複雑な顔で、

「冗談ならいいが……これは信頼《しんらい》できる筋からの情報なんだ。契った者に望むだけの財産を与《あた》えてくれる、幸運の星を持つブラッドレイ家の子息。ブラッドレイ家の老獪《ろうかい》な当主ヘイワード氏の命令で男に身を捧《ささ》げる薄幸《はっこう》の青年。しかもアジアの血を引く絶世の美形。その噂で、希望者が倍増した。財産目当ての若造だけでなく、若くて綺麗《きれい》なセックスの相手が欲しい助平なジジイどもまでが、名乗りを上げている。肉体関係さえ持てば、愛人でもいいらしいからな」

イヴァンは言い、エントランスホールに溢れる燕尾服《えんびふく》を着たＶＩＰ達を見渡《みわた》す。

「この中にも、名乗りを上げたジジイがたくさん混ざっている。……あ〜あ、嫌だねえ」

本当に嫌そうに言って、かぶりを振る。そして、

「ともかく俺は、簡単に手に入る幸運には興味がない。自分の運命の相手を探すのみで……ああ、あんなところに美女が！　あの中の誰《だれ》かが、俺の運命の相手かもしれない！」

彼の視線の先には、笑いさざめく貴族の子女達がいた。

「俺は、友人を増やしに行って来る。あとでまた合流しよう」

彼は私の肩《かた》を叩《たた》いて、さっさと女性達のほうに消える。私は苦笑しながら踵《きびす》を返し、パーティー会場となっている大舞踏《ぶとう》室に向かって廊下《ろうか》を歩きだす。

……お祖母様達の顔を潰《つぶ》さないように、とりあえずブラッドレイ家の当主に顔を見せ、その子女だか子息だかに挨拶《あいさつ》をしよう。お祖母様達は楽観的なことを言っていたが、そんな絶世の美女だか美青年だかが、私のような無愛想な男に興味を持つわけがない。

思いながら人混みを抜《ぬ》け、廊下を歩こうとするが……挨拶を交わすVIP達でごったがえしていて、まともに進めない。私はうんざりしながら、庭に続くフランス窓を開けて屋外に出る。広大な庭の向こうには煌々《こうこう》と明かりの灯《とも》った大舞踏室らしき部屋があり、オーケストラの演奏が風に乗って響いてくる。このまま庭を抜けていけば、早道だろう。

私は芝生《しばふ》の上に出て、そのままトピアリーの間を歩きだす。真《ま》っ直《す》ぐに庭を突《つ》っ切ろうとしていた私は、並んだ木々の間に白いものが一瞬《いっしゅん》よぎった気がして、思わず足を止める。

ふいに、昔出会った、あの純白のウサギのような小さな男の子のことを思い出す。

美しい紅茶色の瞳《ひとみ》、白い頬、柔《やわ》らかな笑みと、優しい唇《くちびる》の感触《かんしょく》。

私は思わず手を上げ、コンタクトのはめられた右目をそっと押さえる。彼の唇が触《ふ》れた、優しい感触が、閉じた瞼《まぶた》に蘇《よみがえ》るようで……。

「ブラッドレイ家の美青年は、俺が手に入れるからな」

「そうはいくか。俺だって、親から、絶対にその子を手に入れろと言われてきているんだ」

「それは私も同じだ。その子を手に入れれば、大富豪になれるんだからな」

下卑《げび》た声で言いながら、燕尾服姿の若い男達が木々の間を横切る。顔は見えなかったが、その声には聞き覚えがあるようで……。

「なあ、要するに、セックスしちまえばいいんだろ？」

「いいことを思いついた。やれればいいなら、４Ｐすりゃ平等じゃないか？」

「そんな特殊《とくしゅ》な一族の末裔《まつえい》ってことは、要するにそういう商売をして富豪《ふごう》達から金を集めているってことだよな？　それなら……」

あまりにも不穏《ふおん》な相談に、私は眉《まゆ》をひそめる。

……もちろん、相手の合意があれば、どんなことでも楽しめばいいだろうし、私にとっては関係のないことだ。だが、あまりにも……。

「いたぞ！　あの子だろう？」

男の一人が声を上げてある方向を指差し、私は思わずそちらに目をやってしまう。そして、そこにいた人物を見て、心臓が止まりそうになる。

そこには、木々に囲まれた小さな空間があった。彼は一人きりでそこに立ち、今にも雪が降り出しそうな曇天《どんてん》を見上げていた。

儚《はかな》げな雰囲気《ふんいき》、純白の肌《はだ》、長い睫毛《まつげ》、そして紅茶色の瞳。

ほっそりした身体《からだ》を包むのは、仕立てのよさそうな燕尾服。その肩に白い毛皮のコートを羽織っている。

そこにいたのは、クリスマスの夜に私が出会った、あの小さな少年そのままの人で……。

私は、その子を見つめながら呆然《ぼうぜん》とする。

……まさか、こんなところで、彼にまた会えるなんて……。

呆然としている間に、三人は木々の間から走り出て、その子を取り囲む。

「こんばんは、いい夜だね」

「一人なの？」

「飲み物でも取ってこようか？」

にやけながら言った三人の顔を見て、私は思わず息を呑《の》む。

声に聞《き》き覚えがあると思ったのも、当然だった。彼らは、私と同じローゼンフェルド一族の人間達。傍系《ぼうけい》の親戚《しんせき》なのでほとんど会ったことはないが……私の数多い従兄弟達のうちの三人だった。

……なんてことを……！

「ねえ、人が多くて少し疲《つか》れない？」

「静かな場所で、一緒《いっしょ》に休もうよ」

「それがいいよ。俺達も、ああいうパーティーは苦手でさあ」

三人は言って、彼を取り囲む。

「いえ、大丈夫《だいじょうぶ》です。僕はもう休んだので、そろそろ舞踏室に戻ろうかと……」

青年は澄《す》んだ声で言い、少し怯《おび》えたように後退る。従兄弟の一人がにやにや笑いながら、

「聞いてきた特徴《とくちょう》と、まったく一緒だ。……ねえ、君が、花婿《はなむこ》候補を探しているというブラッドレイ家のご子息だろう？」

その言葉に、私は愕然《がくぜん》とする。

……まさか。あの子が、ブラッドレイ家の……？

「いえ、あの……」

戸惑《とまど》った顔で逃《に》げようとする彼の前に、三人が立ちはだかる。

「俺達も、花婿候補に入れて欲しいんだよね」

「もう候補が決まっているというのなら、せめて俺達に幸運を分けてくれないかなあ？」

「そうそう。三人一緒でもいいからね」

三人の言葉に、彼は不思議そうな顔をする。彼らが何を言っているのか、よく解《わか》っていないのだろう。

……あんな純真そうな青年に、なんということをしようとしているんだ……！

私の心に、激しい怒《いか》りが燃え上がる。私はすべてを忘れて、彼らに歩み寄る。

「ニコライ、オットー、マルセル。君達もパーティーに来ていたのか」

記憶《きおく》の底から無理やり引き出した名前を口にすると、三人は慌《あわ》てたように振り返る。そして私の顔を見て驚愕《きょうがく》した顔になる。

「ア……アンドレイ！」

叫《さけ》んだところを見ると、あちらは一族の当主である私の顔をしっかり覚えていたらしい。私は彼らを無視して、呆然とした顔の青年に歩み寄る。

「遅《おく》れて悪かった。待たせてしまった？」

私は青年に言い、それから立ちすくむ三人を振り返る。

「この人に、まだ何か用事でも？」

私が言うと、三人は怯えたように息を呑む。

「いや、それは……」

「ああ、そろそろ舞踏室に戻《もど》らないと！」

「そうだな！　お祖母《ばあ》様達に挨拶もあるし！」

三人は言って踵を返し、そのまま木々の間に消える。

……まったく、本当にどうしようもない……。

私はため息をつき、それからハッと我に返る。

……もしかしたら、この青年のことも怯えさせてしまったかもしれない。

「あの」

控《ひか》えめな声に驚《おどろ》いて見下ろすと、彼が紅茶色の瞳で私を真っ直ぐに見上げていた。

「ありがとうございます。とても助かりました」

彼の目は本当に澄《す》み切っていて、見とれるほどに美しい色をしている。

……私はあの頃《ころ》とは比べ物にならないほど身長が伸《の》びたし、顔も変わった。だが、彼は本当に変わっていない。いや……。

私は彼の美貌《びぼう》に思わず見とれてしまいながら、思う。

……なんて麗《うるわ》しく育ったのだろう……？

私の鼓動《こどう》が、知らずに速くなる。

「英語は苦手なほうではないのですが、早口のクイーンズイングリッシュは聞き取りづらくて……何を言われているのかよくわからずに、困っていました」

「あの三人は君を誘《さそ》っていたんだ。かなりきわどい言葉で」

私が言うと、彼は驚いた顔をする。

「誘っていた？」

「そうだよ。……もしかして、ほかの男にも暗がりに誘われたり、同じようなことを言われたりはしていない？」

私が言うと、彼は複雑な顔で、

「ええと……たしかに、何度か同じようなことは言われました。今夜はクリスマスなので、みなさん浮かれているのかもしれませんね」

その言葉に、私は内心ため息をつく。

……こんなに麗しいのに、まったく自覚をしていないらしい。なんて危険な子なのだろう？

「ひと気のない場所は危険だ。いったん舞踏《ぶとう》室に戻ったほうがいい」

言うと、彼はあからさまに怯えた顔になる。私はふと、さっき従兄弟《いとこ》達が言っていたことを思い出す。

……もしも彼が本当にブラッドレイ家の子息で、男の結婚《けっこん》相手を探しているのなら、舞踏室に戻ったら、さまざまな男の求婚《きゅうこん》を受けなくてはならないはずだ。

「もしかして……パーティーに参加する気分ではない？」

私が言うと、彼はどこかすがるような目で私を見上げてくる。

「実は、私も同じなんだ」

思わず言ってしまうと、彼は少し驚いたようだ。

「あなたが？」

「騒々《そうぞう》しい場所は苦手なんだ。大人げないと思われるかもしれないが。……もしよかったら、挨拶《あいさつ》だけしてすぐに抜《ぬ》け出さないか？　これではゆっくり話もできない」

私は言ってしまい、それから自分の言葉に自分で驚く。

……何を言っているんだ？　これでは、あの三人と同じではないか。

「賛成です」

怯えられると思った私は、あっさりと言われた言葉にさらに驚いてしまう。

「僕も、騒々しい場所が苦手なんです。それに……」

彼は、澄み切った目で私を見上げながら言う。

「……実は、ここを抜け出したくて仕方がなかったんです」

麗しい顔に浮《う》かんだのは、どこか悲しげな笑み。

心臓に、何かが音を立てて突き刺《さ》さったような気がした。

……いったい、どうしたというんだ、私は？

「あ、すみません。まだ自己紹介《しょうかい》もしていませんでした」

彼が私を見上げたままで言う。

「シズク・サクラバと言います。ロンドン大学で英米文学を学んでいます」

私は、彼がブラッドレイの名字を名乗らなかったことに気づく。

……彼がこんなパーティーに出席することになってしまったことには、何か複雑な事情がありそうだ。

「ロンドン大学なら、オックスフォード時代の恩師がいる。フーパー教授の名前は？」

私が言うと、彼はパッと顔を輝《かがや》かせる。

「もちろん知っています。経済学部のジョン・フーパー教授ですよね？　学部は違《ちが》いますが、よく図書館でご一緒します。博識な上に優《やさ》しくて、本当に素敵な方ですよね」

「昔はとても厳しかったんだ。お年とともに丸くなったのかな？」

「どうでしょう？　経済学のレポートの採点はとても厳しいみたいで、友人が泣いていましたよ。僕は別の学部なので、ありがたいことに気楽にお話しさせてもらってます」

彼の言葉に、私は思わず微笑《ほほえ》んでしまう。

「フーパー教授は、勉強熱心な生徒が大好きなんだ。君はきっととても優秀《ゆうしゅう》なんだろうな」

「いえ、僕なんか全然。それに……」

彼はふいに遠い目になって、

「……もしかしたら、もう大学での勉強も続けられないかもしれませんし……」

呟《つぶや》いた彼の声がやけに深刻で、私はその理由を聞くことなどできなかった。

「私も自己紹介をしていいかな？」

私が言うと、彼は我に返ったように瞬《まばた》きをし、それからにっこりと微笑む。

「はい、ぜひ」

「私の名前はアンドレイ・ローゼンフェルド。大学時代にフーパー教授からはさまざまなことを教えていただいたが……それが、生かしきれているかは自信がないな。ただのしがないビジネスマンだ」

「ローゼンフェルドさん？　もしかして、サンクト・プロシアンのご出身ですか？」

「たしかにそうだが……」

私が言うと、彼は少し赤くなって、

「ああ……ぶしつけにすみません。伯父《おじ》から、サンクト・プロシアンの貴族の中で一番古い歴史を持つのは、ローゼンフェルド一族だと聞かされていました。それに……」

彼はふいに言葉を切り、どこか夢見るような声で言う。

「……僕、ローゼンフェルド家が所有するお城に、一度だけ行ったことがあるんです。まだ子供の頃だったので、あまり覚えていないのですが……クリスマスでした」

……やはり……あの夜に見かけた小さなウサギのような子は、この雫だったんだ。

彼を見ているだけで、胸が痛む。鼓動が、なぜかどんどん速くなる。

……ああ、この気持ちは、いったいなんなのだろう……？

桜羽雫

……なんだか、どこかで会ったことがある気がする。

彼と並んで廊下《ろうか》を歩きながら、僕は鼓動が速くなるのを感じていた。

……すごく不思議な人だ。人見知りの僕の緊張《きんちょう》を、ほんの一瞬《いっしゅん》で解いてしまった。彼といるのは、なんだか懐《なつ》かしいような、安心するような。

僕は隣《となり》を歩く彼を、そっと見上げる。

……それに……なんて麗しい男性なんだろう……？

彼は、僕よりも頭一つ分以上背が高かった。きっと、百九十センチはあるだろう。逞《たくま》しい身体《からだ》を、仕立てのいい燕尾服《えんびふく》に包んでいる。がっしりとした肩《かた》、引き締《し》まったウエスト、見とれるほど長い脚《あし》。

彼の横顔は、まるで彫刻《ちょうこく》みたいに完璧《かんぺき》に整っている。意志の強そうな眉《まゆ》と、高い鼻梁《びりょう》、男らしい唇《くちびる》。刻んだような奥二重と、どこかセクシーな長い睫毛《まつげ》。そしてその瞳《ひとみ》は、最高級のサファイヤみたいな美しいブルー。

見た目はまるで王子様みたいに麗しいのに、彼のまとうオーラはどこか怒《いか》りを含《ふく》んでいるかのよう。炎《ほのお》のように赤くて眩《まばゆ》い。視線の鋭《するど》さと相まって、彼をとても野性的に見せている。

……彼はまるで、お伽噺《とぎばなし》から出て来たみたい。

僕は、鼓動がさらに速くなるのを感じながら思う。

……子供の頃からずっと好きだった本に出てくる、優しい野獣《やじゅう》さんに似てる。

今夜、お祖父《じい》様の隣に座らされ、数え切れないほどのVIPに紹介され……僕はすっかり具合が悪くなってしまった。緊張していたのもあるけれど、品定めをするように僕の全身を眺《なが》め回すVIP達の視線はとても不快で、まるで、自分が競売にかけられているような気がした。

いや、状況《じょうきょう》はまったく変わらないだろうけれど。

僕は「気分が悪いので少し風に当たってきます」と言って席を立った。お祖父様は「一人でどこかに行くんじゃない」と引きとめようとしたけれど、僕の顔色を見て許してくれた。「紹介すべき相手がまだたくさんいる。すぐに戻《もど》るんだぞ」と言われたけれど。

庭に出るまでにもたくさんの人に話しかけられて、僕は本気でうんざりした。追ってくる人達をなんとかまき、庭のトピアリーの間に隠《かく》れたけれど、しつこい三人組に話しかけられて、さらに疲《つか》れた。でも……。

颯爽《さっそう》と現れた彼は、三人をあっさりと追い払《はら》ってくれた。そして、この憂鬱《ゆううつ》なパーティーから抜け出そうと誘《さそ》ってくれた。

……僕はもうすぐ、お祖父様の選んだ相手の所有物になる。早ければ今夜にでも出発することになるだろうと言われてる。彼と一緒《いっしょ》にここを抜け出すことなんか許されない。でも……。

彼の隣を歩きながら、なんだか泣きそうになる。

……なぜだろう？　彼の隣を歩いていると、少しだけ夢を見られる気がする。お伽噺の野獣みたいに強い彼が、このまま憂鬱なものをすべて追い払って、僕をさらって逃《に》げてくれるんじゃないかって。

「すまない。歩くのが早かったね」

彼の声に、僕はハッと我に返る。彼が歩調をゆるめてくれながら、

「早足で歩くのが癖《くせ》になっているんだ。君に合わせるべきだったな。疲れてしまった？」

僕がずっと黙《だま》っていたから、きっと心配してくれたんだろう。僕は慌《あわ》ててかぶりを振《ふ》って、

「いいえ、大丈夫《だいじょうぶ》です。すみません、ちょっと考え事をしてしまって……」

「考え事？」

彼がさらに心配そうな顔になったのを見て、僕は慌てて笑ってみせる。

「いえ、英国に来たのは一年前なんですが、ずっと家と大学の往復しかしていないんです。だから夜遅《よるおそ》くまでやってるカフェとか、よくわからなくて」

「もし嫌《いや》でなければ、私の屋敷《やしき》に来てくれても大丈夫だよ。うちの家令のいれるコーヒーは、絶品なんだ。グラン・パティシエの焼くベリーのパイも……」

彼は言いかけて、ふいに言葉を切る。それから、

「ああ……会ったばかりなのに、私と二人では気づまりかな？　それなら、ロンドン市内にいくつか落ち着けるカフェを知っている。ここからなら、車で二十分くらいだろう」

……家令？　グラン・パティシエ……？

「サンクト・プロシアンからいらして、今夜はホテルに宿泊《しゅくはく》しているのかと思いました。お家は、お近くなんですか？」

思わず聞いてしまうと、彼はクスリと笑って、

「本当の家はサンクト・プロシアンにあるが……今はロンドン支社に出向してきている。今住んでいるのは、以前からあった古い別荘《べっそう》を改築した建物で、ここから車で一時間くらいかな？　場所はさらに郊外《こうがい》に向かったほうだ。静かなのはいいが、寂《さび》しすぎてたまに荒野《こうや》の真ん中にいるような気がする」

「荒野の真ん中のお屋敷、なんだかお伽噺に出てきそうで素敵です。絶品のコーヒーとベリーのパイも、とても魅力《みりょく》的です。……そういえば、甘いものなんて、ずっと食べていないかも」

僕は思わず言ってしまい、彼が少し驚《おどろ》いた顔をしたのに気づいて苦笑する。

「あ……すみません。今は伯父の家に住んでいるのですが、彼は甘いものが嫌《きら》いなんです。大学では講義がたくさんあって、カフェに寄る暇《ひま》なんかありませんし」

日本にいた時のことがふいに蘇《よみがえ》って、胸が強く痛む。

母さんも姉さんもお菓子《かし》作りが趣味《しゅみ》で、よく二人でケーキを焼いてくれていた。甘い香《かお》りに包まれて目を覚ます週末の朝が、どんなに幸せだったかを思い出す。

「パーティーを抜《ぬ》け出して、あなたのお家へお邪魔《じゃま》して……」

僕は胸が締め付けられるのを感じながら、心から呟く。

「絶品のコーヒーとベリーのパイを楽しみながらおしゃべりができたら……どんなに楽しいでしょう……」

「おお、シズク！　こんなところにいたのか！」

聞こえてきたお祖父様の声に、僕は思わず目を閉じて、ため息をつく。

……ああ、でも、そんなのはただの夢で……。

お祖父様は、僕がなかなか帰らなかったことに怒《おこ》っているだろう。そしてこのアンドレイさんはまだ若いから、きっとお祖父様のお眼鏡には適《かな》わない。僕は彼と引き離《はな》され、伯父さんが選んだ誰《だれ》かのところに……。

「こんばんは、ミスター・ローゼンフェルド！　お捜《さが》ししていたんですよ！」

お祖父様の言った言葉に、僕は驚いてしまう。お祖父様はにこやかな表情で僕の脇《わき》を擦《す》り抜け、彼に近づいていく。本当に機嫌《きげん》のいい時の笑顔だ。

「ミスター・ブラッドレイ」

アンドレイさんはお祖父様を知っているみたいで、丁寧《ていねい》な口調で言う。

「ご挨拶《あいさつ》が遅《おく》れて失礼しました。今夜は、お招きをありがとうございます」

「待ちかねましたよ！　おかげ様で、お祖母《ばあ》様達とすっかり話が盛り上がってしまいました！　ハハハハ！」

お祖父様は笑って、しっかりと彼の右手を握《にぎ》り締め……なぜか、僕に深くうなずいてみせる。やけに満足そうな顔に、僕は本気で戸惑《とまど》ってしまう。

……これって……？

「ああ、アンドレイ！」

「紹介《しょうかい》する前から仲良くなっているなんて、これは運命なのかしら？」

さらに後ろから響《ひび》いたのは、しわがれた女性の声だった。僕は慌てて振り返り……そして申し訳ないけれどちょっとぎょっとする。

近づいてくるのは、真っ黒なレースのドレスに身を包んだ二人の高齢《こうれい》の女性だった。首から長く下がっているのは、いかにも高価そうな大粒《おおつぶ》の真珠《しんじゅ》のネックレス。真っ白な髪《かみ》を昔風に結い上げ、ベールのついた小さな帽子《ぼうし》を被《かぶ》っている。濃《こ》いお化粧《けしょう》が施《ほどこ》され、満面の笑みを浮《う》かべたその顔は、見事に瓜二《うりふた》つ。せわしなく杖《つえ》をつきながら近づいてくる姿に、僕は何かのお伽噺で見た女郎蜘蛛《じょろうぐも》の妖怪《ようかい》を思い出してしまった。

……いや、女性を蜘蛛の妖怪に似てるなんて思ったら、すごく失礼だけど……。

「あなたが、ミスター・シズク・ブラッドレイね！　今夜の陰《かげ》の主役！」

「ああ、なんて可愛《かわい》らしい方なんでしょう！　アンドレイと本当にお似合いよ！」

二人は真《ま》っ直《す》ぐに僕に近づいてきて、骨ばった手で両側から僕の手をそれぞれ握り締める。二人の目は何かを狙《ねら》うかのように爛々《らんらん》と輝《かがや》いていて……お祖父様のそれにそっくりだ。

……この人達は、いったい……？

僕は思わず逃げたくなるのを必死でこらえ、二人に無理やり微笑《ほほえ》みかける。そして、あることに気づいてぎょっとする。

黒いドレスと白い顔。モノトーンで統一されたような二人なのに、瞳だけがやけに鮮《あざ》やかなブルーだった。それはどこかで見たような……。

僕は彼女達の頭越《ご》しに、アンドレイさんを見上げる。見返してきたアンドレイさんも、彼女達とまったく同じ鮮やかなブルーの瞳をしていた。

「紹介するよ、シズク」

アンドレイさんが、なぜか無感情な声で言う。

「私の祖母だ」

「初めまして、シズク・ブラッドレイと申します」

僕は言い慣れた言葉で自己紹介をする。そういえば、アンドレイさんに会った時には、ごく自然に本当の名前……だと今も思ってる……桜羽雫と名乗っていた。きっと、彼の自然な態度にいつもの用心を忘れたんだろう。

英国に来たばかりの頃《ころ》。パーティーで、母方の名字である桜羽の姓《せい》をつい名乗ってしまったことがある。そばにいたお祖父様は「日本での生活が長かったので」と笑いながら訂正《ていせい》し、僕を物陰《ものかげ》に連れて行った。そしてにっこり笑いながら、「そんなにブラッドレイの家が嫌いかい？」と聞いてきた。その時の祖父の目の中に青い陰火《いんか》のような不吉《ふきつ》な光が見えた気がして、僕は寒気を覚えた。そして二度と、祖父の前でその姓を口にしないと心に誓《ちか》った。

「シズクくん、うちのアンドレイとは話が合ったんでしょう？　それなら今夜は、このままうちの屋敷にいらっしゃいな」

「そうよ。朝までアンドレイとお話ししたら、きっと楽しくてよ？　そうしましょうよ」

僕の両手をそれぞれ強く握り締《し》め、二人が言う。骨ばった見かけからは想像ができないほどのものすごい力で指を締め付けられて、僕はあまりの痛みに思わず眉《まゆ》を寄せる。

「お祖母様方。そんなふうに熱烈《ねつれつ》に手を握られては、シズクが照れてしまいます」

アンドレイさんの言葉に、二人は楽しげに笑いながら僕の手を離す。アンドレイさんは僕の腰《こし》に軽く手を回し、僕をさりげなく引き寄せる。

「ミスター・ブラッドレイ。もしもお許しをいただけるのなら、シズクくんを私の屋敷でしばらくお預かりしたい。彼とはとても話が合いましたので、いい友人になれる気がします」

彼の言葉に、僕は驚いてしまう。

……もしもこのままこの城を抜け出して、彼と一緒に行けたら、どんなに素敵だろう？　でもそんなことを、お祖父《じい》様が許すだろうか……？

お祖父様はにこやかな笑みを顔に貼《は》り付けたまま、まるで値踏《ねぶ》みをするかのようにアンドレイさんの全身に視線を走らせる。こっちが恥《は》ずかしくなるくらいの長い時間、アンドレイさんを眺《なが》め回した後、お祖父様は満足げにうなずく。

「よかったら、そうしてやってください。雫はまだまだ世間知らずの子供なので、あなたのような大人の男性にいろいろと教われれば、将来の役に立つでしょう」

お祖父様の言葉に、やけに緊張《きんちょう》した顔で黙《だま》っていた双子《ふたご》のおばあさんたちが、

「まあまあ、おめでたいこと！　本当に、これは運命かしら？」

「うちのアンドレイは並外れて優秀《ゆうしゅう》ですけれど、少し堅苦《かたくる》しいところがありますの。シズクくんのような子とお知り合いになれたら、いろいろ学ぶところも多いと思いますわ！」

やけにはしゃいだ声で言う。だけど、おばあさん達の目がまったく笑っていないように見えて、僕はドキリとする。お祖父様が、

「まあ……シズクはまだ学生ですし、それほど長い間、家を空けるわけにはいかないかもしれませんがね」

その言葉に、おばあさん二人が、一瞬《いっしゅん》だけ真顔になる。それからさらにはしゃいだ声で、

「そうかもしれませんわねえ。でも、将来のことは誰にもわかりませんわ」

「アンドレイと、本当に親しくなってしまうかもしれませんわよ？」

言いながら、アンドレイさんにチラリと視線を送る。僕は目の前で繰《く》り広げられるお芝居《しばい》のような会話の意味が理解できずに呆然《ぼうぜん》とし……それから、ハッと気づく。

……お祖父様は、まだ若いアンドレイさんの価値をはかりかねているんだ……。

そう思ったら、この不思議なやりとりが納得《なっとく》できる気がする。

……僕はきっと、一時的に貸し出されるだけ。もしもアンドレイさんが、『ブラッドレイ家の幸運の星』を差し出すだけの価値がない男だと判断されたら、僕はあっさりと屋敷《やしき》に引き戻《もど》されるんだ……。

そう思ったら、全身から血の気が引く気がする。

……でも、一時的にでもいい。ここから、アンドレイさんと一緒《いっしょ》に抜け出せれば……。

「ベリーの、パイが……！」

思わず言った言葉が、情けなく震《ふる》えている。しかも、動揺《どうよう》しているせいで意味不明だ。

「ええと、さっきおっしゃっていた、あの……！」

彼は少し驚いたように目を見開き、それからにっこりと笑う。

「ああ……さっき、そう約束したんだったね」

彼は言って僕の肩《かた》に手を回し、お祖父様に向き直る。

「うちの屋敷のパティシエが作った絶品のベリー・パイを、今夜のデザートとしてご馳走《ちそう》すると彼に約束しました。そろそろ失礼してよろしいでしょうか？　パイが焦《こ》げてしまう」

その言葉に、お祖父様が楽しげに笑う。

「おお、もうそんなに仲良くおなりか。もしかしたら本当にご縁《えん》があるのかもしれませんな」

そう言ってから、僕に視線を向ける。

「とはいえ、ご迷惑《めいわく》をおかけしてはいけない。あまりはしゃぐんじゃないよ、シズク」

その目の奥に、鋭《するど》い光がよぎる。

「私が戻ってくるように言ったら、すぐに戻るように。いいね？」

「まあまあ、お祖父様は厳しいこと。でもこんなに可愛らしいお孫さんでは仕方ありませんわねえ」

「さあ、もう行きなさい、アンドレイ。パイが焦げてしまうわよ」

黒衣のおばあさん達が慌《あわ》てたように言い、お祖父様と僕らの間に割り込んでくる。アンドレ

イさんはお祖父様に向かって、

「それでは、シズクくんをお借りします。大切なお客人としてもてなしますので、どうかご心配なく」

そう言って、優雅《ゆうが》に一礼する。そして僕の肩を引き寄せて踵《きびす》を返す。

人々の間を歩き抜《ぬ》ける僕とアンドレイさんを、人々の目が一斉《いっせい》に追ってくる。僕は改めて、自分が商品だったことを思い知らされる気がする。

「……シズク！」

舞踏《ぶとう》室の出口近くにいた伯父《おじ》さんが、驚《おどろ》いたように僕に声をかける。伯父さんは数人の男性に取り囲まれていた。民族衣装を着た恰幅《かっぷく》のいいアラブ系の男性、脂《あぶら》ぎった顔をしたラテン系の男性、中国服を着て宝飾品《ほうしょくひん》を山ほど身につけた中国系の男性……彼らは、いずれも五十歳台くらい、見るからにVIPという感じで迫力十分《はくりょくじゅうぶん》だった。金銭欲《きんせんよく》なのか、それとも権力に対する欲望なのか……その一帯だけがギラギラとしたオーラに包まれているようで、見ただけで息が詰《つ》まる。彼らのうちの一人がこっちを指差して何かを言い、振《ふ》り返った彼らが僕とアンドレイさんを見比べて揃《そろ》って顔色を失う。彼らは伯父さんに向かって怒《おこ》った口調で、

「どういうことだね、ミスター・ブラッドレイ？　彼が例の子だろう？」

「まさか、この期《ご》に及《およ》んで逃《に》がす気じゃないだろうな？」

「いえ、そんな……待ちなさい、シズク！　勝手なことは……！」

言いながら追って来ようとする伯父さんに、僕は必死で言う。

「お祖父様に、外出の許可をいただきました！」

驚いた顔の伯父さんに頭を下げてから、アンドレイさんと並んでエントランスに向かう。

……もしもアンドレイさんが連れ出してくれなかったら、さっきの人達の誰《だれ》かに引き渡《わた》されていたかもしれない。

思っただけで、怖《こわ》さに血の気が引く。

……そうなったら、僕はいったいどんな目に遭《あ》うのか……。

アンドレイさんは、守るようにして僕の肩をしっかりと抱《だ》いたまま、エントランスホールを歩き抜け、外に出る。短い階段を下りて車寄せに立つと、一台のリムジンが静かに滑《すべ》り込んできた。磨《みが》き上げられた上品な濃紺《のうこん》の車体が、照明を反射してキラキラと輝く。

運転席から降りてきた運転手さんが、僕ににっこり笑ってリムジンのドアを開く。

「どうぞ」

「あ、ありがとうございます」

伯父さんの屋敷の使用人さんは、一人残らず僕と姉さんに冷たかった。いつも怒ったような顔で乱暴に用事だけを済ませ、挨拶《あいさつ》はしても微笑《ほほえ》んでもらったことはない。だから僕も姉さんも、自分達が招かれざる客なのだと日々思い知らされるようだった。だから運転手さんの優しい笑みと柔《やわ》らかな口調に、なんだか驚いてしまう。

「し、失礼します」

僕は恐縮《きょうしゅく》しながら、車に乗り込む。続いて乗り込んだアンドレイさんが、僕の隣《となり》の席に座る。

後部座席のドアが外側から閉じられ、運転席に運転手さんが乗り込んでくる。

「シズク！」

運転席のドアが閉まる直前、驚くほど近くで、伯父さんの声が聞こえた。僕は驚き、思わず身をこわばらせる。

「ちょっと待ちなさい！　父上が許可をしたと言っても、私はまだ許していないぞ！」

伯父さんはリムジンを回り込み、僕のいる側の窓を手のひらでバンバン叩《たた》く。ガラス越《ご》しの伯父さんの顔に浮《う》かんでいた憤怒《ふんぬ》の表情に、僕は本気で怯《おび》えてしまう。

「候補は一人じゃないんだ！　勝手なことをするんじゃない！　ここから降りなさい！」

車から引き摺《ず》り下ろされるのではないか、という恐怖《きょうふ》が頭をよぎる。

……伯父さんはきっと、一番自分の利益になる男性のところに僕を送り出すつもりだ。それはきっとアンドレイさんじゃなくて……。

僕は目を閉じてうつむき、拳《こぶし》を握《にぎ》り締《し》めて伯父さんの声を聞くまいとする。

……嫌《いや》だ、そんな……！

「どなたかが御用《ごよう》のようですが……いかがいたしましょう？」

運転手さんが困ったような声で言う。

「かまわない。出してくれ」

アンドレイさんが冷静な声で言い、運転手さんが応《こた》える。

「かしこまりました、アンドレイ様」

リムジンが、滑るようにして動き出す。そのまま車寄せを抜け、追いすがってくる伯父さんを引き剝《は》がすようにして、一気にスピードを上げる。

僕は思わず振り返り、呆然としている伯父さん、そして陰鬱《いんうつ》なブラッドレイ城が小さくなっていくのを見つめる。そして、不思議なほどホッとした気持ちで深いため息をつく。

「……お騒《さわ》がせしてすみませんでした。そして、連れ出してくれてありがとうございます」

僕の唇《くちびる》から漏《も》れた声は、まだ微《かす》かに震えている。

「シズク」

アンドレイさんはふいに手を伸《の》ばし、僕の髪《かみ》をそっと撫《な》でてくれる。

「とても怯えた顔をしていた。可哀想《かわいそう》に」

僕はもう子供ではないし、ほかの人にこんなことをされたらムッとしそうだけれど……彼の手は不思議と優しくて、あたたかくて、そしてとても心地《ここち》よかった。

……本当に不思議な人……。

僕はあまりの心地よさに陶然《とうぜん》としてしまいながら思う。

……どうしてこんなに落ち着くんだろう……？

「何か飲む？　大学生なら未成年かな？」

「はい。お酒はまだ飲めません。でも……」

僕は、喉《のど》がからからになって声がかすれていることに気づく。

「でも、ソフトドリンクか何かをいただけると嬉《うれ》しいです。喉が渇《かわ》いてしまって」

彼はうなずき、ドアサイドに設置されていた小さな木製の扉《とびら》を開ける。中は冷蔵庫になっていて、シャンパンやミネラルウォーターの瓶《びん》が並んでいる。

「ああ……ノンアルコールだと、ライムペリエと、ミネラルウォーターしか入っていないな。好きなものがあれば、リクエストしてくれれば今度までに用意しておくよ」

「あ、ライムペリエ、大好きなんです」

「それならよかった」

彼は言って、冷蔵庫からペリエの小瓶《こびん》を二本取り出す。

「グラスは？」

「そのままで大丈夫《だいじょうぶ》です。いただきます」

僕は彼からボトルを受け取り、金属製のキャップを開く。冷たいそれを一気に半分ほど飲み、やっと息をつくことができる。とてもお洒落《しゃれ》な飲み物だけど、父さんが好きでよく飲んでいた。姉さんと一緒《いっしょ》にグラスに分けてもらい、大人の気分で飲んだのを思い出す。

「こんなことを言っては失礼かもしれないが……」

ペリエの瓶を傾《かたむ》けながら、アンドレイさんが言う。

「……君のお祖父《じい》様と伯父様は、私の祖母達と同じくらい強引そうだ」

その言葉に、僕は思わずうなずいてしまう。それから、

「あ、すみません。あなたのお祖母《ばあ》様達は、本当は素敵な方々かもしれませんが……」

「ああ、いや……」

アンドレイさんはため息をついて、

「……こうなったら正直に言ってしまおう。私は祖母達の強引さがとても苦手なんだ」

彼の率直な言葉に、僕はとても安堵《あんど》してしまう。

「僕も正直に言います。……本当は僕も、祖父や伯父《おじ》の強引さがとても苦手なんです」

僕とアンドレイさんは顔を見合わせ……それから揃って苦笑する。

「君とは、気が合いそうだ」

「僕も、そう思います」

彼と一緒に笑うことができて、なんだかさっきまでの怖さがやっと薄《うす》れてきた気がする。そして僕は、やっとリムジンの中を観察する余裕《よゆう》ができる。

逃亡《とうぼう》するのを防ぐためか、大学には伯父さんが所有するリムジンでの送り迎《むか》えをされていた。友人を乗せるのは禁止、どこかに寄ることも禁止。まるで護送車のようだと思った覚えがある。茶色の車体に金色のアクセントが入ったとても派手なリムジンで同級生の目が痛かったし、内装も白い革と金で統一されていて、はっきり言って乗るのが憂鬱《ゆううつ》になるようなデザインだった。

……なんだか、同じリムジンとは思えない……。

アンドレイさんのリムジンは、伯父さんのものよりも一回り広く、シートは上品なベージュのスエードで統一されていた。僕はシートに座り、その座り心地のよさにうっとりする。

「……素敵なリムジンですね」

思わず言うと、アンドレイさんはにこりと笑って言う。

「どうもありがとう。気に入ってもらえて嬉しいよ」

その笑みがやけに優しくて、僕の鼓動《こどう》が速くなる。

「それに……連れ出してくださって本当にありがとうございました」

僕は彼を見つめながら、心から言う。

「自分の一族が変わっていることは知っていましたが……詳《くわ》しい事情を聞いたのはほんの数日前なんです。だからどうしていいか解《わか》らないままにパーティーに参加していました。お見合いのようなものをさせられると聞いて、覚悟《かくご》はしていました。でも……まさか……」

僕は、パーティーで起きたいろいろなことを思い出して、今さらながら怖くなる。

「あんなふうに、商品みたいに扱《あつか》われるとは思いませんでした」

僕が言うと、彼もうなずいてその眉間《みけん》に深い皺《しわ》を刻む。

彼は深いため息をついて、僕を真《ま》っ直《す》ぐに見つめる。

「君のような子が、大人達の勝手な事情で酷《ひど》い目に遭《あ》うことなど、絶対に許されない」

彼の言葉がふいに心を揺《ゆ》らし、僕は泣いてしまいそうになる。

「英国に来てから、いろいろなことがありました。僕は男ですから、自分がそういう目に遭うのなら、なんとか我慢《がまん》することができます。でも……」

……姉さんは、どんなに恐《おそ》ろしかっただろう？

僕は思い、また姉さん達のことが心配になる。

「自分がそういう目に遭うのなら？」

彼の顔には、とても複雑な表情が浮かんでいた。

「……そういえば、祖母達は私に、『ブラッドレイ家の令嬢《れいじょう》と見合いをしろ』と言った。だから君が男だったので少し驚《おどろ》いたんだ。まさか……」

彼は愕然《がくぜん》とした顔で言う。

「……君には、お姉さんか妹さんがいる？」

「ええと、姉が一人……」

「まさか、お姉さんも同じような境遇《きょうぐう》に？　パーティーにいたのか？」

彼が青ざめていることに気づいて、僕は驚いてしまう。

「君のお姉さんに、何かあってはいけない。早く助けなくては……！」

「いえ、大丈夫です！」

今すぐ運転手さんに車をUターンさせそうな彼の様子に、僕は慌《あわ》てて言う。

「姉は、僕が逃《に》がしました。今は安全な場所にいるはずです」

その言葉に、彼は動きを止める。驚いた顔で僕を見下ろしてきて、

「君が？」

「いえ、正確には、姉と、そして姉の恋人《こいびと》と、みんなで計画を立てたんですが。彼が今、姉と一緒にいてくれています」

彼は僕を見つめ、そして深いため息をつく。

「ああ……それならよかった」

「あの……」

僕はどうしても心配になって上着のポケットに手を入れる。そこにスマートフォンがきちんとあることにとてもホッとしながら、彼に言う。

「……姉の恋人に、連絡《れんらく》をしてもいいですか？　ちゃんと安全か心配だし、きっと僕のことも心配してくれていると思うんです」

「もちろんだ。……もしも気になるようなら、どこかに停《と》めて私は外に出ているけれど」

「大丈夫です、電話ではなく、メールで連絡をしますので」

僕は言いながら、ペリエの瓶に蓋《ふた》をしてそれをホルダーに置く。スマートフォンの電源を入れ、パスワードを入力してセキュリティーを解除し……。

「……っ」

画面を見て思わず息を呑《の》む。表示されていたのは、十分ほど前に届いた小山内さんからのメールが一件。そして……伯父さんからの着信が三十件。

……三十件……あれから、ずっとかけつづけているのか……？

ガラス越《ご》しに見た伯父の怒りの形相を思い出して、僕は血の気が引くのを感じる。

……いや、怯《おび》えている場合じゃない。姉さんが無事に脱出《だっしゅつ》すること、それが何よりも最優先なんだから。

僕は、何事もありませんように、と祈《いの》りながら小山内さんからのメールを開ける。

『こっちは万事順調だ。例の場所に到着《とうちゃく》して、今はゆっくりしている。

だが、今夜はブラッドレイ家の城で盛大なパーティーがひらかれていると聞いた。

彼女が、何か嫌《いや》な予感がすると言っている。

君のことが心配だ』

もしかしたら不思議な力と関係があるのかもしれないけれど……姉さんはもともとても勘《かん》がいい。もしかしたら、僕に何か起きそうなことを察知したのかもしれない。

……これは、絶対に知られてはいけない。

僕は、画面を見つめながら思う。

男でも一族の役に立てると聞いたのは、姉さんを逃がした後。だから姉さんは、僕が自分の代わりにされているなんて夢にも思わないはず。

……僕が、お祖父様か伯父さんの選んだ男の下に強制的に送られることになったのだと知ったら、きっと姉さんは自分から戻《もど》ってきてしまうだろう。それに、いつも僕のことばかり考えて、人並み以上の気苦労をしてきた姉さんに、これ以上の心配はかけたくない。

僕は心を落ち着け、文章が乱れないように気をつけて返信を打つ。

『パーティーはあったけれど、退屈《たいくつ》だから逃げてきました。

今は友人と一緒です。

しばらく彼のおうちに滞在することになりそうです。心配しないで大丈夫《だいじょうぶ》です』

僕は読み返し、おかしなところがないことを確認してからそれを送信する。まるで待っていたかのようにすぐに返信が来る。

『それならよかった』

二人の安堵する顔が見えた気がして、僕は微笑《ほほえ》ましい気持ちになる。

……いや、油断は大敵なんだけど……。

『伯父さんの近況《きんきょう》を送ることができなくなってしまってすみません。くれぐれも用心を怠《おこた》らずに、身辺に気をつけてください』

僕が送信すると、すぐに返信が来て、

『わかっている。彼女のことは任せてくれ』

小山内さんの、力強い声が聞こえてくるようだ。姉さんはきっと、彼と一緒なら逃げ切ることができる。そう信じなくては。

『あなたを信じています。おやすみなさい』

そう返信した時、スマートフォンが振動《しんどう》した。画面に表示された伯父さんの名前を見て、恐ろしさに胸が締《し》め付けられるような感覚を覚える。

……本当は、きちんと話して伯父さんの動向を探らなくちゃいけない……でも……。

僕は必死で呼吸しながら画面を操作し、バイブレーション機能をオフにする。

……怖《こわ》い。今はとても話すことなんかできない。

僕は伯父さんの名前を見ないようにして、上着のポケットにスマートフォンを落とし込む。ホッと息をつきながら、ホルダーに入れてあったペリエの瓶《びん》を取る。蓋を開けて冷たいそれを一口飲むと、不思議なほどホッとする。

「お姉さんは大丈夫だったのか？　顔色が悪いよ」

アンドレイさんのとても心配そうな声に、僕は顔を上げる。

「私にできることがあったら、協力する。なんでも言ってくれ」

真摯《しんし》な目で言われて、胸が熱くなる。

「ありがとうございます。姉は大丈夫です」

「それならよかったが……」

「ただ……伯父《おじ》からの着信がすごいんです。本気で怒《おこ》らせてしまったみたいですね」

厳しい顔になる彼に、僕は必死で笑ってみせる。

「大丈夫です。伯父は祖父には頭が上がりません。祖父が許可してくれたのですから、あなたのお屋敷《やしき》に行くことに反対はできないはずです」

彼はまだ心配そうな顔で何かを言おうとし……それからため息をつく。

「今は、これ以上心配しても仕方がないね。……それに、私の祖母達に逆らえる人間はなかなかいないだろう。あれだけ強引な人々だから」

その言葉に、僕はやっと無理なく笑うことができる。

「たしかに、さすがのうちの伯父も、あのお祖母様お二人には敵《かな》わないと思います」

僕の言葉に、彼もやっと笑ってくれる。

「そうだな。……そうだ、乾杯《かんぱい》をしないか？」

彼が、ペリエの瓶を持ち上げながら言う。

「君のお姉さんの無事を祈って。それから、出会えた幸運に」

言葉の最後をひそめられ、僕は鼓動《こどう》が速くなるのを感じる。

……ああ、彼はなんてセクシーな声をしているんだろう？

アンドレイ・ローゼンフェルド

リムジンは一時間ほど走り、うっそうとした森を抜《ぬ》けた。月明かりの下に現れた屋敷に、雫はうっとりと見とれながら、「なんて綺麗《きれい》なんでしょう？」と呟《つぶや》いた。

リムジンが、屋敷の車寄せに滑《すべ》り込む。家令と執事《しつじ》を筆頭にした三十人の使用人達が、エントランス前の階段にずらりと並んでいる。

運転手が外側から扉《とびら》を開き、私は先に車を降りる。整列した使用人達を見て戸惑《とまど》った顔をしている雫に、私は手を差し伸《の》べる。

「おいで」

彼は驚《おどろ》いた顔をしてから、微《かす》かに頬《ほお》を染めて私の手を取る。握《にぎ》り締めた彼の手はとても華奢《きゃしゃ》で、そしてふわりとあたたかい。その感触のあまりの心地《ここち》よさに、ドキリとする。

「ありがとうございます」

彼はリムジンから降り、間近に私を見上げて微笑む。その笑顔のあまりの麗《うるわ》しさに、さらに鼓動が速くなる。

……ああ、今夜の私は本当に変だ。

「お帰りなさいませ、アンドレイ様」

近づいてきた家令が、微笑みながら言う。

「遅《おそ》くなるので先に休んでていいと言ったのに」

私が言うと、家令が笑いながら、

「お客様をお連れになると、ご連絡《れんらく》をいただきましたから。みんな、誰《だれ》かをお迎《むか》えしたくてしかたないんですよ」

言って、それから雫に向かって頭を下げる。

「ようこそおいでくださいました、家令のミハイルと申します」

「夜遅《よるおそ》くに、突然《とつぜん》お邪魔してしまってすみません。シズク・サクラバといいます。よろしくお願いいたします」

雫が丁寧《ていねい》に言って、頭を下げる。その様子に、執事やメイド達が微笑んでいる。

……リムジンの中から客があることを電話したが、詳《くわ》しい事情は説明していない。明日の朝にでも、ミハイルには詳しい説明をしておいたほうがいいだろう。

私は雫と並んでエントランスへの階段を上る。フットマンが両開きのドアを大きく開く。

「わあ、綺麗！」

エントランスホールを見回しながら、雫が言う。

「本当に、素敵なお屋敷ですね！」

その言葉に、家令が満足げな顔をする。ここはもともと別荘《べっそう》として使われていた場所だが、古びたここを改装し、アンティークの家具で美しく整えたのは彼だからだ。

「シズク様、アンドレイ様から電話をいただいてすぐに、パティシエがベリーのパイの準備を始めました。あと三十分ほどで焼き上がるかと」

家令の言葉に、雫が目を輝《かがや》かせる。

「わあ、本当ですか？　すごく嬉《うれ》しいです！」

雫は無邪気《むじゃき》な声で言うが、顔色がまだあまりよくない。今夜起きたいろいろな出来事がきっとショックだったのだろう。

「パーティーの後で、疲《つか》れていないか？　私専用のリビングにコーヒーとパイを運ばせて、ゆっくり食べるというのは？」

私が言うと、彼はホッとしたようにため息をつく。

「ありがとうございます。たしかに今夜は少し疲れたかもしれません」

「でしたら、パイが焼けたらお部屋にお持ちします。が……」

家令が言い、困ったように私を見上げてくる。

「……ちょうどお客様用の部屋が改装中で、ベッドを引き払《はら》ってしまっているのです」

「ああ……そういえばそうだったな」

この屋敷には客間が五つほどあるが、あの祖母達が何かと理由をつけて泊《と》まろうとするので、改装中ということにしてすべてのベッドを撤去《てっきょ》した。宿泊《しゅくはく》などせずとも祖母達の住む屋敷はここから車で三十分ほどの場所だし、泊まらせると夜明け近くまでグチの相手をさせられてうんざりするからだ。

「シズクは、私の部屋に泊まってもらうことにしよう。……それでも大丈夫《だいじょうぶ》？」

私が言うと、雫は大きくうなずいて、

「もちろんです。急に押しかけてしまったのはこちらなのですから、どうかお気《き》遣《づか》いなく」

「申し訳ありません」

家令はもう一度すまなそうに言い、それから、

「お客様用のパジャマとバスローブを、すぐに準備させます。パイは焼きあがり次第、お部屋にお持ちしますので」

「私の部屋は二階だ。おいで」

私は彼の手を取り、エントランスホールの大階段を上る。そのまま廊下《ろうか》を歩き、突《つ》き当たりにある私専用の部屋のドアを開く。

「わあ」

入ったところは、アンティークのソファセットが並ぶ、私専用のリビング。

右手にはキングサイズのベッドのある寝室《しんしつ》があり、左側には書庫を兼《か》ねた書斎《しょさい》がある。仕事のためにそこで過ごす時間も多いので、一休みするためのカウチも備えた部屋だ。

私は寝室に続くドアを開けながら、

「パーティーで疲れただろう？　寝室に浴室が併設《へいせつ》されているので、パイが焼きあがるまでにシャワーを浴びたらどうかな？」

「あ……ありがとうございます」

彼は言い、それから蝶《ちょう》ネクタイがきっちりと結ばれた襟元《えりもと》に指を入れてため息をつく。

「そういえば……とても疲れたかもしれません」

「私は客間でシャワーを浴びるので、君は寝室の浴室を使ってくれ。その間に家令が着替《きが》えを準備して、ベッドの上に置いていってくれるはずだ」

「ありがとうございます、本当に」

雫は言って、ぺこりと頭を下げる。

「それでは、パイが焼きあがった頃《ころ》に、このリビングで」

私は言って、踵《きびす》を返す。

「あの。一つ、お聞きしたいことがあるんですが」

雫の言葉に、足を止めて振《ふ》り返る。

「もちろん、なんでも聞いてくれていい。欲しい物があれば、なんでも準備するよ」

「あの……燕尾服《えんびふく》を着るのは、生まれて初めてだったんですが……」

彼は言って、私を見上げてくる。

「……蝶ネクタイというのは、どうやって解くのでしょうか……？」

美しい顔に浮《う》かんでいるのは、迷子の子供のように途方《とほう》に暮れた表情。それを見るだけで、なぜか鼓動が速くなる。

「おいで。解いてあげる」

私が手を差し伸べると、彼は近づいてきて、私のすぐ前に立つ。

「少し顔を上げて」

指先で顎《あご》に触れながら言うと、彼は素直に上を向く。とても近くに私の顔があったことに気づいて照れたのか、頬を微かに染めながら目を閉じる。

長い睫毛《まつげ》が白い頬に影《かげ》を落としている。微かに開いた唇《くちびる》から、真珠《しんじゅ》のような真っ白な歯が微かに覗《のぞ》く。

……なんて可愛《かわい》らしい顔をしているのだろう？　唇《くちびる》を奪《うば》ってしまいたくなる。

私はそんなことを思ってしまい、それから自分の反応に驚く。

……今夜の私は本当に変だ。並外れて美しいのは認めるが、彼は男なんだぞ。

自分に言い聞かせながら、手を伸ばして彼の蝶ネクタイに触れる。不慣れな人間が結んだのか、彼の蝶ネクタイはかなりきつく、その細い首を締《し》め付けている。私がそれを解くと、彼はホッとしたように目を閉じたままため息をつく。

「かなりきつく締められていたね、可哀想《かわいそう》に。苦しかっただろう？　不慣れなメイドにでも締められた？」

「締めたのは伯父《おじ》です。『逃《に》げることなど考えるんじゃないよ』と言いながら締められたので、なんだか……首輪でもはめられたかのようで……」

彼は眉《まゆ》を微かに寄せて言葉を切り、それからゆっくりと目を開いて私を見上げる。

「とても楽になりました。どうもありがとうございます」

まるで、『助けてくれてありがとうございます』とでも言っているかのようなその真摯《しんし》な口調に、胸が強く痛む。

……ブラッドレイという男は、この子をいったいどんな目に遭《あ》わせていたのだろう？

私は思い、それから家令がすぐに来てしまうことを思い出す。

「パイが焼けるまで、あまり時間がないね。シャワーを浴びたほうがいい」

「あ、はい。そうですね」

彼は慌《あわ》てたように言い、ドレスシャツのボタンをいきなり外し始める。私の目をまったく気にしていないその行動に、彼がいかに男同士の恋愛《れんあい》に疎《うと》いかが伝わってくる。

「では、また後で」

私は彼の肌《はだ》を見てしまう前に、踵を返す。

……ああ、彼はとても麗《うるわ》しく、そしてとても危険だ。

大きなバスタブにたっぷりと満たされた、とてもいい香《かお》りのお湯。シャワーを使って身体《からだ》を洗った僕は、お湯に浸《つ》かりながら深いため息をつく。

「……はあ……」

「……気持ち、いい……」

アンドレイさんの近くにいると、とてもいい香りがする。コロンをつけているのだろうかとも思ったけれど、どうやらそうじゃないらしい。さっき使わせてもらったシャンプーもボディーソープも、アンドレイさんと同じ香りがした。爽《さわ》やかなオレンジと大人っぽい針葉樹が混ざり合ったような、なんともいえない芳香《ほうこう》。バスザルッが入っているのか、今はお湯からも同じ香りがして、うっとりしてしまう。

……こんなにくつろいだ気持ちになれたの、何年ぶりだろう……？

伯父《おじ》さんの城は、見た目は立派だけどとても古かった。僕と姉の部屋にはそれぞれ豪華《ごうか》なバスルームがあったけれど、窓の隙間《すきま》から冷気が容赦《ようしゃ》なく入ってきて、壁《かべ》や床《ゆか》のタイルをまるで氷のように冷やした。冬の間や雨の夜、僕はいつも姉さんの部屋に行っては「一人じゃ寂《さび》しいから、ここのお風呂《ふろ》を借りるね」と言って、「雫は本当に甘えん坊《ぼう》なんだから」と笑われていた。たしかに幽霊《ゆうれい》が出そうな陰鬱《いんうつ》なバスルームは気がめいったんだけど……いつも姉さんの部屋でお風呂に入るのは、バスルームをあたためて、姉さんが風邪《かぜ》を引いたりしないようにするためだった。

……姉さん、ちゃんとあったかくしてるだろうか……？

姉さんと小山内さんが隠《かく》れているのは、大学の友人、トム・キャスパーの実家。そこは英国風の庶民《しょみん》的なホテル（ベッド＆ブレックファストと呼ばれている）で、講義を抜《ぬ》け出して何度か行ったことがある。トムの両親は本当に親切で信頼《しんらい》できる人達だし、彼らが経営するベッド＆ブレックファストはとても気持ちのいい場所。客用の部屋は三つしかないから、姉に一部屋、婚約者《こんやく》に一部屋を用意し、休暇《きゅうか》で実家に帰っているトムが残りの一部屋を使って二人の警護をしてくれると言っていた。昔ながらの頑丈《がんじょう》な建物だし、屈強《くっきょう》なキャスパー家の家族（トムには格闘技《かくとうぎ》が趣味《しゅみ》のものすごく強いお姉さんが三人いて、僕と姉の境遇《きょうぐう》にずっと前から同情してくれていた）が一階を守ってくれているから、本当に心強い。

……婚約者の小山内さんだけじゃなく、親切なトムの家族も一緒《いっしょ》だから、きっと居心地《いごこち》よく過ごしてるよね。

僕は思いながら、あたたかなお湯で顔を洗う。

……警備の状況《じょうきょう》が解《わか》らなくなってしまったのは、少し怖《こわ》いけれど……。

姉さんが屋敷を出てから、伯父さんは毎朝、書斎にSPを集めて捜索に関するミーティングをするようになった。偶然《ぐうぜん》にそれを知った僕は、毎朝バラ園を散歩することにした。伯父さんの書斎はバラ園に面していて、空気の入れ換えのために開けられている天窓から、伯父さんの声が筒抜《つつぬ》けだったからだ。

配備は状況によって日に何度か変えられているようだったし、完全に把握《はあく》しているとは言いがたかったけれど……少なくとも、どの場所が危険かは予測することができた。昨日のミーティングでは人員を減らすようなことを言っていたし、そろそろ二人をロンドンから逃がすチャンスが来るかもしれない。

……絶対に、姉さんと小山内さんを無事に逃がさなくちゃ。

僕は思い、それからついのんびりしてしまったことに気づいて慌てて湯船から出る。脱衣室《だつい》にあったタオルで髪《かみ》と身体を拭《ふ》き、寝室《しんしつ》へのドアをそっと開く。家令さんがいたらどうしようかと思ったけれどそんなことはなく、ベッドの上にはきちんと畳《たた》まれたシルクのパジャマとガウン、そして包装が破かれないままの新品の下着が置いてあった。

……あれを着ればいいのかな？

脱衣室には畳まれたバスローブもあったけれど、濡《ぬ》らしてしまうのは申し訳ない。タオルを肩《かた》にかけた僕は裸足《はだし》のまま小走りに寝室を横切り、ベッドにたどり着く。誰《だれ》に見られているわけでもないけれど、本当に素敵なお屋敷だからやけに緊張《きんちょう》する。

タオルを近くに置いてあった椅子《いす》の背もたれにかけ、新品の下着を身につける。綺麗《きれい》なヴァニラアイスクリーム色のそれはサラリとしてとても穿《は》き心地がいい。織りはざっくりしているけれど、きっとこれもシルクだろう。

僕はなんだかますます緊張してしまいながら、パジャマを広げる。深いサファイヤ色のそれはかなり大きい。きっとアンドレイさんのものを急遽《きゅうきょ》貸してくれたんだろう。

僕はドキドキしながら、それに袖《そで》を通す。厚みのある上等のサテンシルクは、まるであたたかな液体みたいにしっとりと肌に馴《な》染《じ》む。全身がしっかりと包み込まれるみたいで、なぜかとても安心する。

「アンドレイ様、お茶とベリーパイの準備ができました」

ドアの向こう、専用リビングから微《かす》かに聞こえてきた声に、僕はハッとして振《ふ》り返る。聞き覚えのある声は、さっきの家令さんだろう。アンドレイさんの声が、

「どうもありがとう。あとは私がやるよ。……おやすみ、夜遅《よるおそ》くまですまなかった」

「とんでもございません。……おやすみなさいませ」

ドアが開閉する音がして、部屋が静かになる。

……のんびりしすぎちゃった。早く行かなくちゃ。

僕はパジャマの上にガウンを羽織るけれど……左右の身ごろ、どっちを前にしていいのか解らずに混乱する。

「シズク？」

アンドレイさんの声がして、ドアがそっとノックされる。

「お茶が届いたが……まだ風呂かな？」

「いえ、もうお風呂からは出ています！　すぐに行きます！」

「急がなくてもいい。ゆっくりおいで」

優しい声で言われて、風呂上がりで上気していた頬《ほお》が、なぜだかますます熱くなる。

僕は適当に前を合わせ、腰紐《こしひも》を結ぶ。これもアンドレイさんのものみたいで、かなり大きい。肩幅《かたはば》が広すぎてずり落ちてしまっているし、丈《たけ》が長すぎて足首に届きそう。まるで子供が大人の服をイタズラして着ちゃったみたいで、すごくみっともない状態な気がする。

……それに、髪がまだびちゃびちゃだし……。

僕はバスルームに慌てて戻《もど》り、新しいフェイスタオルを取ってそれで髪を慌てて拭く。鏡に映った自分は髪はくしゃくしゃ、しかも大きすぎるパジャマとガウンを着て……本当に、イタズラをした上に居眠《いねむ》りをしてしまった子供みたい。

……こんな格好で、あんなにハンサムな人の前に出るなんて……。

僕は鼓動《こどう》が速くなるのを感じながら、思う。

……いや、そんなことを思ってる場合じゃない！

僕はもう一度髪を拭き、彼のガウンの襟《えり》を濡らさないように肩にタオルをかける。それからリビングに続くドアに近づき、深呼吸をしてドアを開く。そしてソファのところにいたアンドレイさんを見て、思わず動きを止める。

仕立てのいい燕尾服《えんびふく》を完璧《かんぺき》に着こなしていたさっきまでの彼は、完璧な紳士《しんし》だった。でも今のアンドレイさんはとてもくつろいでいて、そこがやけにセクシーに見えて……。

彼は逞《たくま》しい身体に真っ白いバスローブを着て窓のそばに立ち、外を見つめていた。整えられていた髪が今は濡れ、大きく開いたバスローブの胸元にゆっくりと水滴《すいてき》が伝い落ちる。

彼が、ふいに振り返る。端麗《たんれい》な美貌《びぼう》、僕を真《ま》っ直《す》ぐに見つめるサファイヤ色の瞳《ひとみ》。

……彼は、なんて美しい男の人なんだろう？

彼は僕を見つめたまま、ゆっくりと近づいてくる。裸足が大理石の床を踏《ふ》む、軽い足音。僕の鼓動が、なぜだかどんどん速くなる。

「私のパジャマでは、やはり少し大きかったね」

彼は言って、その男っぽい唇《くちびる》に優しい笑みを浮《う》かべる。

「でも、とても可愛《かわい》い」

どんなに頑張《がんば》っても身体が全然逞しくならないのは、僕のコンプレックスだ。本当なら怒《おこ》ってもいいはずなのに……彼に言われると……。

……ああ、どうしてこんなにドキドキするんだろう……？

「髪が濡れている。おいで」

彼が、大きな手を僕に差し出す。僕はまるで操られてでもいるかのように彼に近づき、その顔を見上げてしまう。

「頬もまだ濡れている。目を閉じて」

彼は、僕が肩にかけていたタオルを取り、僕の頬をそっと拭く。それから、僕の髪をゆっくりと拭いてくれる。大切なものを扱《あつか》うような優しい手つきに、なぜか鼓動が速くなる。

「とても大変な夜だったね。疲《つか》れただろう？　可哀想《かわいそう》に」

彼が、静かな声で言う。姉さんと二人、強く生きていかなくちゃいけないとずっと気を張り詰《つ》めさせていた僕は、優しい言葉を素直に受け取ることができなくなっていた。でも……。

……彼の言葉は、どうしてこんなに素直に心に沁《し》みこんでくるんだろう？

僕は、小さな頃《ころ》から大好きだった、あのお伽噺《とぎばなし》の野獣《やじゅう》さんを思い出す。

……彼の大きくて優しい雰囲気《ふんいき》が、あの野獣さんにそっくりだから？　それとも……？

僕は、雪のお城で出会った、優しくてハンサムな青年を思い出す。

……僕がずっと王子様だと思っているあの人と、とてもよく似ているからだろうか？

「さて、このくらいでいいかな？」

彼の声に、僕はハッと我に返る。タオルを外されたら、驚《おどろ》くほど近くに彼の顔がある。

「……あ……ありがとうございます……」

彼のあまりの美貌に、鼓動がなぜか速くなる。頬までなぜかどんどん熱くなる。

「大丈夫《だいじょうぶ》？　のぼせたかな？」

少し心配そうに聞かれて、僕は慌《あわ》ててかぶりを振る。

「……ありがとうございます。なんだかポーッとしてしまいました」

「座って。お茶を入れよう」

彼が、窓際のカフェテーブルを示す。その上には、本格的なティーセットと、まだあたたかそうなベリーのパイが置かれていた。ふわりと立ち上る湯気は、香《こう》ばしいパイと甘酸っぱいべリーの香《かお》りだ。

「……わあ、美味《おい》しそう……！」

「さっそく味見してみてくれ」

彼は言いながら、カフェチェアの一つを引いてくれる。僕は恐縮《きょうしゅく》しながらそれに座る。彼が慣れた手つきで紅茶を注いでくれて、僕はさらに緊張してしまう。

「す、すみません。おうちにお邪魔《じゃま》した上に、お茶まで」

言うと彼は微笑《ほほえ》み、そして僕の向かい側に座る。

「どうぞ、冷めてしまう」

「ありがとうございます、いただきます」

僕は慌ててフォークを取り、ベリーパイをそっと切って口に運ぶ。たっぷりと飾《かざ》られた生のブルーベリーやラズベリーなどの下に、甘さを抑《おさ》えて卵とヴァニラの香りを生かしたカスタードクリームと、甘酸っぱいベリーのジャムが忍《しの》んでいた。パイ生地はサクサクと軽く、口に入れたとたんに解《ほど》けて上等のバターと小麦粉の香ばしい香りだけが残る。

「……んん……」

僕は陶然《とうぜん》としながら、それを飲み込む。それから、

「……ものすごく美味しいです……！」

思わず興奮して言ってしまう。

「姉はパティシエを目指していたほどお菓子《かし》作りが得意で、いつもおいしいスイーツを作って

もらっていたんですが……これを食べたら、絶対にレシピを欲しがります」

「それなら、グラン・パティシエに聞くといい。すぐに教えてもらえるよ」

アンドレイさんは、微笑みながら言う。

「彼は、世界中のコンテストで賞を取った経験もあるのだが……縁《えん》があって私の屋敷《やしき》で働いてくれることになった。だが、私は忙《いそが》しくてゆっくりお茶をする暇《ひま》がない。君が来てくれて、きっととても喜んでいると思うよ」

その言葉に、なんだか胸が熱くなる。

伯父《おじ》さんの屋敷では、いつも疎外《そがい》感と寂《さび》しさを感じていた。疑心暗鬼《ぎしんあんき》かもしれないけれど、使用人の人達も全員伯父さんの手先のような気がして、気を許すことができなかった。

……でも、このお屋敷は、なんてあったかいんだろう……？

僕はとても薫《かお》り高い紅茶を飲みながら思う。

……本当に、お伽噺の中に入ってしまったみたいだ……。

彼にここに連れてきてもらえなかったら、今頃僕はどんな目に遭《あ》っていたか解《わか》らない。それを思うと、なんだかここにいることが奇跡《きせき》みたいに思えてきて……。

……どうしよう？　なんだか泣きそう……。

「眠《ねむ》くなったかな？」

僕が無口になったのを心配してくれたのか、彼が言う。

「さっきの話の続きになるのだが……客間のベッドが使えないんだ。だから君は、私のベッドを使ってくれないか？」

　その言葉に、僕は慌てて
「いえ、僕はどこでも寝《ね》られます。廊下《ろうか》の隅《すみ》とかでも大丈夫です」

「私は書斎《しょさい》のカウチで寝る。仕事が忙しい時はいつもそうしているし、なかなか寝心地《ねごこち》がいいので寝不足にもならないんだ」

「そんなこと、させられません。それなら僕はそこのソファで……」

　彼がふいにテーブル越しに手を伸《の》ばし、僕の濡《ぬ》れた前髪《まえがみ》をそっとすくい上げる。

「そんな疲れた顔で、遠慮《えんりょ》をしないで。ゆっくり休まないと、いざという時に力が出ないよ。私は仕事もあるので、ちょうどいいんだ」

　澄《す》んだサファイヤ色の瞳で見つめられ、静かな声で言われて……本当に、泣いてしまいそうになる。

「ありがとうございます。じゃあ遠慮なくベッドを使わせていただきます」

　僕が言うと、彼はその端麗な顔になんとも言えない優しい表情を浮かべてくれる。

　……ああ、彼はなんて魅力《みりょく》的な男の人なんだろう……？

アンドレイ・ローゼンフェルド

「ありがとうございます。じゃあ遠慮なくベッドを使わせていただきます」

彼はその美しい顔に、柔《やわ》らかな笑みを浮かべながら言う。

「それに……あの屋敷から出られたこと、あなたにとても感謝しているんです」

彼の無垢《むく》な瞳《ひとみ》を見て、胸が強く痛む。

……ああ、こんなに純情な彼に……。

私は、飢《う》えた獣《けもの》のような目で彼を眺《なが》めていた男達を思い出す。

……大人達は、なんというひどいことをしようとしていたんだろう……？

もしも私がここに連れて来なかったら、彼はきっと今頃《いまごろ》別の男のベッドにいただろう。もちろん、そうなったら無事ではすまないはずだ。

……想像すらしたくない。絶対に、そんなことはさせない……。

「ともかく、今夜はゆっくり眠ったほうがいい。ずっとそんな環境《かんきょう》にいて、さらに今夜はパーティーに参加して……疲れているだろう？」

「ありがとうございます。おなかもいっぱいだし、よく眠れそうです。……恥《は》ずかしいですが、姉と婚約者《こんやく》が無事に逃げることができるのか、そして自分はパーティーの後でどんな目に遭うのか……そんなことばかり考えてしまって、ずっと食べ物がのどを通らなくて」

彼はあっさりした口調で言うが、そのストレスは半端《はんぱ》ではなかったはずだ。私は胸が締《し》め付けられるのを感じながら、

「お姉さんと婚約者が無事に逃げ延《の》びないと、君はずっと心配をし続けることになるね」

彼はうなずき、沈《しず》んだ口調になって、

「あの伯父が、ロンドンを出ようとする人間を厳重にチェックしていないわけがありません。多分、空港や駅には伯父の追っ手が待機しています。ですから、二人にはもう少しきゅうくつな思いをしてもらわなくてはいけないと思います」

「君の伯父さんがどこに追っ手を配備しているかを知ることができれば、二人が安全にロンドンを出ることができる確率が上がるのでは？」

「はい。姉は一緒《いっしょ》に逃げようと言ってくれたのですが、僕はそのために屋敷に残りました。でも状況《じょうきょう》が変わって、こうして屋敷を出なくてはいけなくなってしまったので……」

彼は苦しげな顔になって、

「二人はまだロンドン市内に隠《かく》れています。できるだけ早く英国を出て日本に向かってもらいたいと思っているのですが……タイミングがつかめなくて」

「私でよければ、協力させてもらえないか？」

思わず言うと、彼は驚いたように目を見開く。

「え？」

「もちろん、いきなり二人の居場所を教えてくれなどとは言わない。君達がいかに慎重《しんちょう》に行動しているかが伝わってくる。……君は二人と電話ではなくメールで連絡《れんらく》を取り合っている。それは会話を誰《だれ》かに盗《ぬす》み聞きされないようにだろう？」

私が言うと、彼は慌てたように、

「すみません。会ったばかりですが、あなたが信頼《しんらい》できる人だということは伝わってきます。会話ではなくメールでやりとりをしようというのは、姉やその婚約者との約束なんです」

「そんなに用心をしているのは、君の伯父さんの屋敷では、それだけのことをしなくてはいけない状況だったということ？」

私が聞くと、彼はさらに苦しげな顔になってうなずく。

「屋敷の中では、すべての会話は、なぜか伯父に筒抜《つつぬ》けでした。使用人の誰かが密告していたか、もしかしたら、部屋に盗聴器《とうちょうき》が仕掛《しか》けられていたのかもしれません。だから逃亡《とうぼう》に関することは、隣《となり》の部屋にいる姉とメールでやりとりしていました。日本から持ってきた携帯電話《けいたいでんわ》はすぐに取り上げられたので、伯父は僕と姉がメールで相談をすることまでは考えなかったと思います。……ああ、二人分のスマートフォンを準備してくれたのは僕の友人達です。英国に来てから友人に恵《めぐ》まれたことは、唯一《ゆいいつ》の幸運でした」

その言葉に、私は愕然《がくぜん》とする。彼とその姉が身をおいていた環境は、私が想像していたよりも遥《はる》かに過酷《かこく》だったようだ。だとすると……。

「君のお姉さんの件が、とても気になる。それだけのことをしていた人物が、みすみすお姉さんを逃がすとは思えない」

私が言うと、雫は泣きそうな顔になる。

「はい、それは僕もとても心配です。でも、どうしたらいいのかわからなくて……」

苦しげな声に、胸が痛む。私は、

「この屋敷のSPのチーフ……ミハイロフという名前なのだが……に、君と姉上の陥《おちい》っている状況を話してみてもいいだろうか？　SPを派遣《はけん》している会社は少ないうえに、情報交換《こうかん》が必要なので横の繫《つな》がりがあることが多いと聞いている。君の伯父上《おじうえ》の屋敷《やしき》にいるSPの中にも、ミハイロフの知り合いで信頼できる人間がいる可能性があるかもしれない」

「本当ですか？」

彼は驚《おどろ》いたように目を見開く。それから、

「もしも伯父がどこにSPを置いたかがわかれば、姉と婚約者がいつどうやってロンドンを抜《ぬ》け出せばいいかがわかるかもしれませんね」

私はうなずいて、

「まずは君の姉上と婚約者の身の安全が第一だ。私が動いていると君の伯父上に知られたら、監視を厳しくされるかもしれない。情報を探れるのは、あくまでも信頼できる人間が屋敷にいた場合だけだが」

「わかっています。あの……」

雫はわずかに瞳を潤《うる》ませて私を見上げてくる。

「……会ったばかりの僕と、そして姉のために、本当にありがとうございます」

……ああ、彼の視線だけで……。

私は澄んだ彼の瞳を見返しながら、呆然《ぼうぜん》と思う。

……どうしてこんなに心が揺《ゆ》れるのだろう……？

桜羽雫

……ああ、とても久しぶりに、彼の夢を見ることができた……。

僕はうっとりとため息をつきながら、ゆっくりと覚醒《かくせい》する。

……アンドレイさんのベッドがとても寝心地《ねごこち》がよくて、すごくいい香《かお》りがしていたからかもしれないな……。

まだ小さな頃《ころ》、僕はクリスマスパーティーで、不思議な目をした美青年に出会ったことがある。彼は片方が深い青、そしてもう片方が金色の瞳を持っていた。野生の肉食獣《にくしょくじゅう》みたいに煌《きら》めく瞳がとても美しくて、僕は彼のことがずっと忘れられなかった。

アンドレイさんは、彫刻《ちょうこく》みたいに麗《うるわ》しい顔と、逞《たくま》しい身体《からだ》をした本当に美しい男の人だった。パーティーでしつこい三人組に取り囲まれて困っていた僕は、颯爽《さっそう》と現れ、助けてくれた彼に本気で見とれた。思わず彼の瞳の色を確認して、彼の両目が同じ青だったのを見て、ちょっとだけ落胆《らくたん》してしまった。だって、ずっと忘れられないあの美しい彼といつかまたどこかで出会えたら……っていうのは、僕の心の奥にずっとある夢だから。

……でも……アンドレイさんは、昔出会ったあの人と同じくらい、素敵で……。

「……いったいこれはどういうことだい？」

「……どうして花嫁《はなよめ》が一人で寝ているんだろうねえ？」

微《かす》かに聞こえてきたのは、まるでお伽噺《とぎばなし》の魔女《まじょ》みたいにしわがれた女性の声。

……花嫁？　なんのことだろう？

夢うつつで考えるけれど、意味が解《わか》らない。

「……それよりもほら、あれを確かめなくちゃ」

「……ああ、そうだったよ。偽者《にせもの》だったら報酬《ほうしゅう》は全額返してもらわなくちゃねえ」

誰かが、僕のパジャマのボタンを外しているみたいだ。アンドレイさんに借りた滑《なめ》らかなシルクが肌《はだ》を滑《すべ》り、胸元にふわりと風が当たる。

「……男のくせにこんなに真っ白で柔らかそうな肌をしているなんて、なんていやらしい」

「……高価な商品なんだから、綺麗《きれい》じゃないと困るよ。おや、ここにちゃんとある。これは本物だ」

久しぶりに安心して眠《ねむ》ったせいか、眠気がひどくてなかなか頭が働かない。そしてコソコソと囁《ささや》き合う声が、何を言っているのかまったく理解できない。

……ああ、きっと僕はまだ夢を見ているんだ。なんだかおかしな夢だけど……。

僕は思いながら、また気持ちのいい眠りに落ちそうになり……。

「……アンドレイめ、私達の言いつけに逆らう気だろうか？」

「……こんな綺麗な子なんだから、えり好みするのは贅沢《ぜいたく》だろう。まさか、この期《ご》に及《およ》んで男は嫌《いや》だとか言うんじゃないだろうねえ」

……アンドレイ……？

「……それじゃあ、あの鼻持ちならないブラッドレイに、頭を下げた意味がないじゃないか」

「……本当だよ。報酬だってバカにならない額を払《はら》ったんだからねえ」

……ブラッドレイ……？

すぐそばで聞こえる、ごわごわとした衣擦《きぬず》れの音。むせそうに強い、粉っぽい香水《こうすい》の匂《にお》い。興奮した動物でもいるかのような、ハアハアと荒《あら》い呼吸音までがリアルに聞こえて……。

……夢、じゃない……？

僕は思いながら、ゆっくりと目を開き……。

「うわあっ！」

目の前の光景に、思わず声を上げて飛び起きる。

そこにいたのは、昨夜のパーティーで会ったアンドレイさんのお祖母《ばあ》様二人。彼女達はベッドの上に身を乗り出すようにして、僕の顔を間近で覗《のぞ》き込んでいた。朝の光の中では、分厚いフルメイクと喪服《もふく》みたいな漆黒《しっこく》のドレスが、かなり異様に見えて……。

「あらあら。化け物でも見たような声を出して」

「あたし達みたいなおばあさんは、どうせ化け物みたいなものでしょうよ」

二人の嫌みたっぷりな声に、僕は慌《あわ》ててかぶりを振《ふ》る。

「ち、違《ちが》います。申し訳ありません！」

心臓が壊《こわ》れてしまいそうなほど、鼓動《こどう》が速い。

……どうして、アンドレイさんのお祖母様が寝室《しんしつ》にいるんだろう？

くしゃくしゃの髪《かみ》を慌てて整えながら、僕は必死で考える。

……アンドレイさんと、何か約束があったのかな？　それとも、こうして二人のお祖母様に起こしてもらうのが、アンドレイさんの朝の日課だとか……？

「すみませんでした。まだ寝ぼけていて、つい大きな声を……」

「シズク？　どうした？　声が聞こえたが……」

寝室にノックの音が響《ひび》いて、アンドレイさんの声がする。

「アンドレイさん！」

思わず叫《さけ》ぶと、彼は不審《ふしん》そうな声で、

「入ってもいい？」

「ど、どうぞ！　入ってください！」

僕は天の助けのように感じながら、慌てて答える。だって……今の状況《じょうきょう》が、まったく理解できなかったんだ。

「シズク、いったい何が……」

言いながらドアを開けたアンドレイさんは、僕と二人のおばあさんの姿を見比べて、愕然とした顔になる。

「お祖母様方、どうしてこんなところに……？」

二人は激しい怒《いか》りの表情を浮《う》かべながら、アンドレイさんを睨《にら》み上げる。

「とぼけるんじゃないよ！　何も起きないと思ったら、案の定だ！」

「ローゼンフェルド家の当主が、そんなふぬけたことでどうする！」

「ゾフィー様、ズザンナ様！　こんなところにいらっしゃいましたか！」

慌てた声で叫びながら、家令のミハイルさんが部屋に飛び込んでくる。僕達を見て当惑《とうわく》した顔になり、それから慇懃《いんぎん》に言う。

「朝食の準備ができております！　シズク様はこれからお着替《きが》えをなさいますので、どうか、お二人はダイニングのほうへ……！」

「まったくうるさい家令だよ！」

おばあさん達は苛立《いらだ》ったようにミハイルさんを睨み、それからアンドレイさんに向き直る。

「わかっているんだろうね、私達には時間がないんだよ！」

「それを忘れるんじゃないよ、アンドレイ！」

言いながら、ミハイルさんにうながされて寝室を出て行く。遠くで専用リビングのドアが閉まる音がして、僕はやっと息をつくことができる。

……ああ、ものすごくびっくりした……。

「すまなかった」

呆然と立っていたアンドレイさんが、ふいに言う。

「いいえ、そんな……」

僕は言いながら座り直し……肌に風が当たったことに気づく。僕は自分の身体を見下ろし、パジャマのボタンがいくつも外れていることに気づく。ただでさえ大きかったアンドレイさんのパジャマがゆるんで、肩《かた》からずり落ちそうだ。そのせいで、右の胸元から鳩尾《みぞおち》のあたりまでがだらしなく露《あら》わになっている。

……うわ、なんでこんなことに……？

思いながら、慌ててパジャマの裾《すそ》を引っ張って整え、ボタンを上まで留める。

……右胸が見えていた。もしかして、アンドレイさんにあの痣《あざ》を見られただろうか？

「祖母達に、失礼なことを言われたり、失礼なことをされたりはしていない？」

アンドレイさんが、とても心配そうに言う。

「いえ、あの……」

僕は、誰《だれ》かに襟元《えりもと》のボタンを外されたことを思い出す。

……もしかして、あの二人は、僕の身体にちゃんと痣があるかを確かめるために……？

「……お祖母様達は、僕が本当に幸運の星を持っているかどうか、確かめたくなってしまったのではないかと思います。『ちゃんとある。本物だ』という声が聞こえました」

僕は言い、彼がとても苦しげな顔をしたことに気づいて、慌てて、

「でも、僕は男ですし、裸《はだか》を見られるくらい、別に……」

「祖母達が、とても失礼なことをした。本当に申し訳ない」

彼は言い、いきなり深く頭を下げる。

「いいえ、大丈夫《だいじょうぶ》です。お願いですから、頭を上げてください。アンドレイさん、あなたは少しも悪くありません」

ベッドから下り、その腕《うで》に触《ふ》れながら言うと、彼が驚《おどろ》いたように顔を上げる。

「どうか、謝らないでください」

彼は僕を見つめ、それから深いため息をつく。

「あの二人が無遠慮《ぶえんりょ》に屋敷《やしき》に来ることは今までにもあったが、いつもミハイルが相手をしてくれていた。まさか、寝室にまで無断で入ってくるなんて」

「あの……それより……」

僕は心配になりながら言う。

「お祖母様を放っておいていいのでしょうか？　すぐに着替えてダイニングに行かなくてはいけないのでは？」

「あの祖母達と、朝食を共にしたい？」

「いいえ」

僕はとっさに答えてしまい、それから慌てて言う。

「あ、すみません。つい……」

彼はふっと笑って、

「私も同感だ。このまま無視していい」

「本当に大丈夫ですか？」

「二人はいつもどおり、グチを言いに来ただけだろう。ミハイルに相手をしてもらえれば、私のことなど忘れてしまうよ」

彼は、ベッドサイドテーブルの電話の受話器を持ち上げる。

「朝食を、部屋に運んでくれ。こんな爽《さわ》やかな朝に、お祖母様達と顔を合わせたくない」

電話の向こうで誰かが笑っているのが聞こえる。彼は受話器を置いて、

「グラン・シェフに、朝食を運ぶように頼《たの》んだ。私は今日は休みを取っているので、二人でゆっくり朝食にしよう」

少し悪戯《いたずら》っぽく微笑《ほほえ》んだ顔は、なんだか少年みたいに見えた。僕の胸が、なぜか甘く痛んでしまう。

……ああ、僕は、いったいどうしたんだろう……？

アンドレイ・ローゼンフェルド

……油断した。あの祖母達が、まさか寝室まで入ってくるとは。

私と雫は、専用リビングに併設《へいせつ》されているベランダにいた。用意されたテラステーブルに向かい合い、朝食を食べているところだ。

コーヒーを飲みながら、私は祖母達に対して本気で怒りを感じていた。

……さらに、客である雫にあんな失礼なことまでするとは思わなかった。

仕事を終え、書斎《しょさい》のカウチで寝《ね》ていた私は、雫の悲鳴で目を覚ました。書斎を出てリビングを駆《か》け抜《ぬ》け、寝室のドアをノックすると、雫は怯《おび》えきった声で応えてきた。ドアを開いた私は、ベッドに起き上がった雫と、彼のすぐそばにいた祖母達を見て愕然《がくぜん》とした。

ベッドに座った雫のパジャマは大きくはだけ、白い肌《はだ》が露わになっていた。すんなりした首筋と美しい鎖骨《さこつ》、そして平らな胸の先端《せんたん》を飾《かざ》る淡《あわ》いピンク色の乳首。鎖骨と乳首の間にある小さな痣に、私の目は吸い寄せられた。それは、美しい形をした小さな星。象牙《ぞうげ》のような肌に刻まれたバラ色のそれがなぜか不思議に淫靡《いんび》に見えて、その場を動けなくなった。

そして、振《ふ》り返った祖母達の目が爛々《らんらん》と光っていることに気づいて、背筋が寒くなった。二人は、まるで雫という美しい蝶《ちょう》を狙《ねら》う漆黒《しっこく》の蜘蛛《くも》のように見えた。

……ミハイルが駆けつけ、祖母達を連れ出してくれたので助かったが……。

私はテーブルの向かい側に座る雫を見ながら、小さくため息をつく。

……雫は、どんなに居心地《いごこち》の悪い思いをしただろう……？

「昨夜のベリーのパイも絶品でしたが……」

クロワッサンを千切りながら、雫が笑みを浮かべる。

「このクロワッサンやデニッシュも、本当に美味《おい》しいです。伯父《おじ》は英国風の薄《うす》いトーストが好きだったので、こういうサクサクしたパンを食べるのはとても久しぶりです」

微笑んだ彼が少し無理をしているように見えて、私の胸がチクリと痛む。

「朝から驚かせてしまって、すまなかった」

「いいえ、大丈夫です。たしかに目を開けたらすぐ近くにお二人の顔があったので、ちょっとびっくりしましたが……いえ、ええと……」

雫が口ごもり、それから申し訳なさそうな顔になる。

「僕、すごく失礼なことを言っていますね」

「いや。この話題においては遠慮《えんりょ》はいらない。……もともと傍若無人《ぼうじゃくぶじん》な人達だが、まさかあんなことまでするなんて。ほかに何かなかった？　失礼なことを言われていない？」

「いえ、それは大丈夫ですが……」

雫は言い、それから何かを考えるような顔になって、

「そういえば、花嫁《はなよめ》が、とか、男では嫌《いや》なのか、みたいな言葉が聞こえたような……」

その言葉に、私はハッと気づく。

……『何も起きないと思ったら、案の定だ』とも言っていた。ということは……。

私は祖母達の意図を理解し、不思議なほどの嫌悪《けんお》感《かん》を覚える。

……祖母達は、私が昨夜のうちに雫に襲《おそ》いかかるだろうと思っていた。そして、すぐにでも幸運なことが起きると期待していた。だが、何も起きなかった。

私は、コーヒーカップを持ち上げる雫を見つめ、胸が痛むのを感じる。

……祖母達は、私と雫の初夜が無事に終わったかどうかを、寝室《しんしつ》まで確かめに来たのだろう。さらに、雫が幸運の星を持っていないのではないかと疑い、パジャマのボタンを外して彼の身体《からだ》を検分した。

雫の綺麗《きれい》な栗色《くりいろ》の髪《かみ》に、朝の光がキラキラと反射している。滑《なめ》らかな頬《ほお》は、真珠《しんじゅ》のように柔《やわ》らかな白。反り返った長い睫毛《まつげ》を伏《ふ》せ、薄いピンク色の唇《くちびる》を子供のように尖《とが》らせて、彼はコーヒーの表面をフーフーと吹《ふ》いている。カップを唇に押し当て、慎重《しんちょう》にコーヒーを飲む。

「……あ、美味しい……」

彼の唇が、小さな呟《つぶや》きを漏《も》らす。

朝の光の中の彼は煌《きら》めくように美しく、そして一点の汚《けが》れもなく無垢《むく》に見える。

……どんな幸運のためでも、こんな子に襲いかかり、汚すことなどできるわけがない。彼の祖父や伯父も、私の祖母達も、本当にどうかしている。

彼の立場を思った私の胸が、憐憫《れんびん》に痛む。

……白い胸にあったバラ色の痣、あれがきっと幸運の星だ。あんな小さな痣とくだらない伝説のために、彼は虐《しいた》げられ、厳しい運命に翻弄《ほんろう》されなくてはいけない。

私の視線を感じたのか、雫がふいに目を上げる。唇に恥《は》ずかしげな笑みを浮《う》かべて言う。

「猫舌《ねこじた》なんです。男のくせに恥ずかしいんですが」

私はふいに、彼がパーティーに参加していたのは、自分の姉を守るためであったことを思い出す。

「昨夜の件だが……」

私が言うと、彼はすぐに解《わか》ったように姿勢を正してうなずく。

「……あの後、すぐにミハイロフに話をしてみた。どうやら君の伯父さんの屋敷には、ミハイロフが信頼《しんらい》している人間がいたらしい」

「本当ですか？」

彼は身を乗り出して言う。

「ああ。……彼を呼んで、直接話を聞いてみる？」

言うと、彼は大きくうなずく。

「お願いします。ぜひ」

私は席を立ち、窓際のサイドテーブルに置かれた内線電話の受話器を取る。警備員室に電話をかけ、ミハイロフにダイニングに来てくれるように頼む。

「話を聞く前に、朝食を食べてしまおうか？」

私が言うと、彼は素直にうなずいて席に着く。カトラリーを操って、手付かずだったサラダとオムレツを食べ始める。彼が少し元気になったように見えて、私は少し安心する。

……お姉さんと婚約者《こんやく》が安全な場所に逃《に》げるまでは、彼はずっと緊張《きんちょう》を強いられることになる。私の力で、なんとかできるといいのだが……。

ローゼンフェルド家が所有する物件は世界中に点在しているが、どれも祖母達に場所を知られていて安全とはいえない。だが、私は誰《だれ》にも邪魔《じゃま》をされずに休暇《きゅうか》を過ごすために、個人的にいくつかの別荘《べっそう》を手に入れている。私のSPを警護につけて自家用ジェットに乗せ、カリブ海の孤島《ことう》かアルプスの山麓《さんろく》にある別荘の一つにでも滞在《たいざい》すれば、ロンドン市内に隠《かく》れているよりも遥《はる》かに安全が確保できると思う。

……だが、雫は二人が隠れている場所を口にしようとしない。きっと血の繋《つな》がった伯父に監《かん》視《し》されたことに深く傷つき、まだ私を心から信用することはできないでいるのだろう。彼が私を完全に信頼してくれるまでは、私は陰《かげ》ながら協力することしかできない。

雫と私が朝食を食べ終わり、食後のコーヒーを飲んでいる時にドアにノックの音が響《ひび》いた。

「入ってくれ」

私が言うと、「失礼します」という低い声が響き、ドアが開く。入ってきたのは、ダークスーツに身を包んだ長身の男。SPというと筋骨隆々《りゅうりゅう》の男を想像するが、私の仕事に同行することも多い彼は、ビジネスマンのようなルックスをしている。

「シズク、彼はSPのチーフ、ミハイロフだ」

「おはようございます、シズク・サクラバと申します」

丁寧《ていねい》に言った雫にミハイロフは礼を返し、私が示した席に座る。

「ミスター・ブラッドレイの屋敷《やしき》にいるSPのうちの一人は、私の大学時代の後輩《こうはい》です。彼が協力をしてくれます。……ミルズという名前に聞き覚えは？」

ミハイロフが言うと、雫は勢いよくうなずいて、

「もちろん知っています。金髪《きんぱつ》に緑の目で、いかつい感じの方ですよね」

「そうです。……本当なら、主人であるミスター・ブラッドレイの情報を漏らすことは、SPとしては許されない行為《こうい》です。ですが、ミルズはあなたと、あなたの姉上のことをとても心配しています。お二人のためならどんなことでも協力すると言ってくれました」

その言葉に、雫が、感動したように目を潤《うる》ませている。顔を引き締《し》めたミハイロフが、

「ミスター・ブラッドレイが、空港や駅に配備したSPの数とその場所だそうです」

言って、紙を差し出す。それはロンドン市内、そして郊外《こうがい》の地図。そこにつけられた赤い点の数の多さに、私は改めて驚《おどろ》く。近郊《きんこう》すべての空港はもちろんだが、ロンドン市内の主要な駅、さらに高速バスのターミナルのすべてに追っ手は配備されている。数も一人二人ではなく、五人から六人。素人《しろうと》では、とても突破《とっぱ》できないだろう。

「ウェールズ行きのバスの発着所にも、たくさんの警備員が……」

雫が、愕然とした声で言う。私は、地図をさらに詳細《しょうさい》に検証して、

「どんな経路を使っても、逃げられないように計算されている。この計画を立てたのは素人ではないな」

地図を見つめたままの雫が、緊張した声で言う。

「姉にメールをしてもいいですか？　急いで知らせないと」

「もちろん」

言うと、雫はテーブルの上に置いてあったスマートフォンを操作し、素早くメールを送る。

それから深刻な顔で液晶《えきしょう》画面を見つめる。

「危険なのでそこから動かないように、というメールを送りました」

スマートフォンがすぐに振動《しんどう》し、雫は返信を読む。

「『わかった。動かないようにする。あなたは本当に大丈夫《だいじょうぶ》なの？』という返信が来ました。姉さん、自分の心配をしなくちゃいけないのに、僕のことばっかり……」

雫はため息をつき、それから何かを返信する。

「大丈夫、とだけ送りました。姉はあんまり心配すると熱を出しちゃうので……」

雫は言い、スマートフォンを握《にぎ》り締めたままで目を伏せる。長い睫毛が細かく震《ふる》え、今にも泣き出しそうに見える。

「……これから、どうすればいいんだろう……？」

ため息と一緒《いっしょ》に漏れたのは、絶望したような呟きだった。

「こうして出会えたのも、何かの縁《えん》だと思う。困っていることがあったら、相談して欲しい」

私が言うと、雫が驚いたように顔を上げる。

「ミハイロフは警護に関する専門家だよ。彼やミルズと相談してから、一番いい方法を提案したい。もちろん出会ったばかりの私を信用してくれとは言わない。どう行動するかの最終的な判断は、君達でするべきだと思うが……情報の提供はできると思う」

私の言葉に、彼は大きく目を見開き……それから今にも泣きそうな顔になる。

「……ありがとうございます、本当に。昨日会ったばかりなのに、こんなに親切にしていただいてしまって……」

その美しい顔は、やはりあのクリスマスの夜に出会ったあの少年そのままだと思う。本当はずっと昔に会っている、そしてずっと忘れられなかった、と言いそうになるが……あの夜の彼はまだとても小さかったし、きっと私のことなど覚えてはいないだろう。しかもあれから私は身長が伸《の》び、顔つきも変わった。もし覚えていたとしても、同一人物だとは思えないはず。それに……。

私は、彼に右目を見られていることを思い出す。コンタクトがはずれ、露《あら》わになった私の金色の目。彼はそれを真《ま》っ直《す》ぐに見つめ、綺麗だと言ってくれた。

……彼の存在に、どんなに救われたか、解らない。

私は、二人の祖母、そして雫の祖父や伯父《おじ》の顔を思い出す。

……その彼を危険な目に遭《あ》わせたり、傷つけたりする人間を、私は絶対に許せない。

「気にしないでいい。私がやりたくてやっているだけなんだ。それに……」

私は彼の祖父と伯父の顔を思い出したことで、激しい怒《いか》りが湧《わ》き上がるのを感じる。

「私は、君達を商品のように扱《あつか》った君のお祖父上や伯父上に怒りを覚えている。もちろん、君に失礼なことをしたあの祖母達にも。……私は、君達の力になりたい。遠慮《えんりょ》はしないでなんでも言って欲しい」

「……アンドレイさん……」

彼は今にも泣きそうに目を潤ませ……それから姿勢を正して私を真っ直ぐに見つめる。

「本当にありがとうございます。何かあったら相談させていただきます」

彼がそう言ってくれたことに、私は心から安堵《あんど》する。

……ああ、凍《こお》り付いていたはずの私の心が、こんなに揺《ゆ》らされるなんて。

「君と、君の姉上が幸せになれるように、できるだけのことはするよ」

「ありがとうございます。……ああ……もう……」

彼は目を閉じて上を向き、震えるため息をつく。

「本当に泣きそうです。これ以上、優しいことはおっしゃらないでください」

困ったような声に、思わず笑ってしまう。

「悪かった。それなら別の話をしようか。……今日の予定は？」

「今日の予定、ですか？」

彼が驚いたように私を見つめる。その目が今にも泣きだしそうなほど潤んでいて、私の胸が憐憫《れんびん》に締め付けられる。

「もちろんブラッドレイの屋敷に戻《もど》れとは言わないが……大学はどうなっている？　休学届を出しているとか？」

私が聞くと、彼はかぶりを振《ふ》って、

「大学はクリスマス休暇中ですが、論文の〆切《しめき》りが近いのでまだ通うつもりでした。パーティーに出ろとは言われましたが、急な話だったし、詳《くわ》しい事情は知りませんでした。見合いのようなことをさせられるかもしれないとは思いましたが、まさか、その夜のうちにどこかに送られるなんて……」

彼は苦しげな顔で小さくため息をついてから、

「パスポートと身分証明書、それに書きかけの論文が入ったUSBメモリーが、研究室のロッカーに隠してあります。それを取りに行きたいのですが」

「ほかには？　もしも必要なら、家令をやってブラッドレイの屋敷から必要なものを取ってこさせる。ほかにも持ち出したい大切なものがあれば、人を何人かやって運ばせるよ」

「大丈夫です。自分のPCは持っていませんし……」

彼は少し考えて、それからやけにあっさりと言う。

「……あの屋敷には、ほかに大切なものもありません」

彼のあまりにもあっさりした口調に、私は言葉を失う。まだこんなに若い彼が、英国でどんな暮らしをしていたのか……考えるだけで胸が痛む。彼は私の反応に気付いたのか、少し慌《あわ》てたように、

「ああ、すみません。別に虐《しいた》げられていたわけではないんです。PCは学校のものを使っていましたし、本当に大切なものは日本にあるので」

「日本に？」

私が言うと、彼はうなずいて、

「両親は事故で亡くなりましたが、家はそのまま残っています。大切なものはすべてそこにあります。祖父と親戚《しんせき》に挨拶《あいさつ》をするように言われて旅行のつもりで英国に来て、そのまま日本に帰してもらえなかったので……両親の位牌《いはい》以外は何も持ってくることはできませんでした。位牌は姉が大切に持っていてくれていますから、ほかに、大切なものはありません」

遠くを見るような顔でそう言い、それからハッとしたように息を呑《の》んで私に視線を移す。

「ああ、すみません。……あなたはお忙《いそが》しいのでは？」

「今日は休みなんだ。休みを一人で過ごすのも味気ない。よかったら、大学に行った後、少し付き合ってもらえないか？」

「はい、もちろんです」

彼は椅子《いす》の上で姿勢を正し、私を真っ直ぐに見つめる。

「あなたには大きな恩があります。僕ができることなら、なんでも」

燕尾服《えんびふく》のままさらってきてしまったので、彼には普段着《ふだんぎ》がない。今は私が貸した綿シャツと麻《あさ》のスラックスという格好だ。彼のウエストは驚くほど細く、ベルトを締めてやっと腰《こし》ではけている。丈《たけ》もかなり長く、メイド長が慌てて裾《すそ》を折り返して留めたが、そうでなければ転びそうだった。シャツのサイズもかなり大きめで、動くたびに身体《からだ》が服の中で泳ぐ。彼の身体の優《ゆう》雅《が》な華奢《きやしや》さが、いやがうえにも強調されている。

ふいに、さっき見てしまった彼の身体が脳裏をよぎる。透《す》き通るような白い肌《はだ》、仔猫《こねこ》のそれのように小さな淡《あわ》いピンク色の乳首。そして……あのバラ色の星。

祖母達が信奉している『幸運の星』の伝説など、私は信じていなかった。パーティーに行ったのも従兄弟《いとこ》につき合わされたからだし、もしも星を持っている人間に会えたとしても、さまざまな揉《も》め事《ごと》に巻き込まれそうなそんな面倒《めんどう》な相手に深く関《かか》わる気はなかった。なのに……。

私の身体の中に、何か不思議なものが芽生えつつある。それは獣《けもの》のように獰猛《どうもう》な欲望《よくぼう》。彼といる時間が長くなるにつれ、それが強大に育ち、押しつぶされそうな予感がする。なのに、目の前の無垢《むく》な青年を遠ざけることなど、もう考えられない。

……もしかして、これが『幸運の星』の効力なのだろうか？

「……その前に、まずは……」

私は言いかけ、そしてふと言葉を切る。

……ここで「まずはクチュリエを呼んで君の服を選ぼう」などと言ったら、彼は「これ以上迷惑《めいわく》はかけられない」などと言って遠慮しそうだ。

「ああ……そろそろ新しいスーツをオーダーしようと思っていたんだ。クチュリエを呼ぶので、試着につき合ってくれないか？」

「もちろんです。……服をオーダーとか、クチュリエを呼ぶとかって、いかにもお金持ちの大人の男性っぽくて、すごく格好いいですね」

彼はなぜか、うっとりした顔で言う。

「君はあの大富豪《だいふごう》、ブラッドレイ家の一員じゃないか。服のオーダーは日常茶飯事では？　まだ学生とはいえ、パーティーはたくさんあっただろう」

私が言うと、彼は複雑な顔になってかぶりを振る。

「パーティーに参加することは、祖父から厳しく禁止されていました。姉だけでなく、僕も」

「パーティーが禁止？　それはいったい……？」

「祖父は『悪い虫がついてはいけない』と言っていました。パーティーどころか、姉は外出すらほとんど許されていませんでしたし、僕も大学への行き帰りは伯父のリムジンで、休日の外出は禁止で……」

彼はふいに言葉を切り、それから、

「暗い話をしてしまってすみません。あなたとの休日、楽しみです」

浮《う》かべた笑みがどこか無理をしているように見えて、胸が痛む。

……ああ、彼が心の底から幸せそうに笑うところが見たい。そのためならどんなことでもしてやりたい……。

桜羽雫

僕とアンドレイさんは、舞踏《ぶとう》室と呼ばれる部屋にいた。複雑な模様を描《えが》く大理石の床《ゆか》と、天井《てんじょう》から下げられた大きなシャンデリアが印象的だ。ホテルのロビーみたいに広くて立派だけど、ここに来る途中《とちゅう》アンドレイさんに説明してもらったことによれば、パーティーを開く大舞踏室というのは別の場所にもっと広いものがあるらしい。伯父《おじ》さんの屋敷《やしき》もかなり立派だと思っていたけれど、格が違《ちが》う感じ。本当に、とんでもない規模のお屋敷だ。

そして、部屋の中にはたくさんの展示用のボディが並べられ、そこには燕尾服やスーツを始めとしたさまざまな男性用の服が着せられている。どれもとても仕立てがよく、デザインも本当に洒落《しゃれ》ていて、ちょっと見とれてしまう。

「仕立て屋のシェパードと申します。サヴィル・ロウ通りに『シェパード・ビスポーク・テイラーズ』という店を開いております」

そこで待っていたのは、にこやかな白髪《はくはつ》の男性。年齢《ねんれい》は八十歳くらいだろうか？　ちょうど祖父と同じくらいの年齢だと思うけれど、彼の笑みには邪気《じゃき》がなく、見ているだけでなごんでしまいそうだ。袖《そで》を捲《まく》り上《あ》げたワイシャツとスラックス、昔風の革のサスペンダー。手首に巻いたベルトにはマチ針のたくさん刺《さ》さったクッション型の針山がつけられている。

彼は僕の頭の上から足の先まで視線を往復させ、それから満足げにうなずく。

「アンドレイ様から電話でお聞きしただけなのですが……シズク様のサイズにほぼ合ったものをご用意できたかと思います。どこか不具合がありましたら、すぐに直しますので、なんなりとおっしゃってください」

僕は、その言葉を呆然《ぼうぜん》と聞く。並んでいる服は本当に素敵なものばかりだったけれど……アンドレイさんのものにしては、サイズがかなり小さめだったんだ。

「ええと……アンドレイさんのスーツのオーダーだとお聞きしたんですが……」

僕が振《ふ》り返ると、彼は唇《くちびる》の端《はし》に笑みをチラリと浮かべる。

「すまない。そう言わないと、君が遠慮《えんりょ》をすると思ってね」

「アンドレイ様は、先週オーダーをお済ませになったばかりですからねえ」

シェパードさんが楽しそうに言い、部屋の中に並んだ服を示す。

「これは、シズク様のためにご用意させていただいた服でございます」

「僕のため？」

言うと、アンドレイさんがうなずく。

「もしももっと別のタイプの服に興味があるのなら、改めて一緒《いっしょ》にブティックに行こう。とりあえず、当面の間の君の服を、私に準備させてくれないか？」

彼の言葉を、僕は呆然としたまま聞く。

父母の葬儀《そうぎ》に姿を現した祖父は、僕と姉さんに「いろいろな行き違いがあって、疎遠《そえん》になってしまっていた。だが、仲直りをしないか？　おまえ達には英国にたくさんの親戚がいる。一度、英国に遊びに来なさい」と言った。父母を亡くしてとても寂《さび》しかった僕と姉さんにとっては、その言葉はとても嬉《うれ》しいものだった。時間に都合をつけてすぐに英国に向かったけれど……そのまま伯父の屋敷に連れて行かれて「これからはここに住むように」と一方的に言われた。姉さんは婚約者《こんやく》の小山内さんとの連絡《れんらく》を絶つために携帯電話《けいたいでんわ》を奪《うば》われ、僕は日本で通っていた大学を自主退学することを強制された。そして僕らはそのまま、日本に戻《もど》ることができなくなったんだ。

数日で日本に戻る予定だった僕と姉さんは、数着しか服を持ってきていなかった。伯父は服を用意してくれたけれど、やっぱり『悪い虫がつく』と言って、本当に質素なものばかりだった。もともと勉強ばかりしていて服にはたいして興味のなかった僕とは違って、姉さんはとてもお洒落な人だった。日本では柔《やわ》らかな素材のパステルカラーの服を選んで着ていたのに、英国に来てからはいかにも時代遅《じだいおく》れのデザインの、修道女が着るような暗い色の服ばかりを着せられていた。服の陰鬱《いんうつ》さに合わせるかのように姉さんの表情は日に日に暗くなり、僕はなんとかしなくてはとひどく焦《あせ》っていたのを覚えている。

「……すごい……」

僕は部屋の中にたくさん用意された服を見渡《みわた》し、なんだか泣きそうになる。英国に来てからの暗い日々のおかげで、美しいものに触《ふ》れる感覚を、もう忘れ果てていて……。

「……こんなに素晴らしい服、僕が着たらもったいないです……」

「シズク」

アンドレイさんが言って、僕を真《ま》っ直《す》ぐに見下ろす。

「君が着たところが見たい」

やけに真剣《しんけん》な声で言われて、鼓動《こどう》が速くなる。

「……あ……」

「これはただの私の我儘《わがまま》だ。気に入らなければ、もちろん断ってくれてもいい」

「いいえ、気に入らないとかではなくて……」

僕は慌《あわ》てて言う。それからもう一度部屋の中を見渡して、

「贅沢《ぜいたく》なことには慣れていないんです。だからちょっと緊張《きんちょう》してしまいます。だって……本当に格好いい服ばかりで……」

「ありがとうございます。光栄です」

シェパードさんが、楽しそうに言う。

「うちのお得意様は物慣れた大人の方ばかりで、高価な服を着ることを当然だとお思いです。誰《だれ》もそんなふうに褒《ほ》めてはくださらないんですよ。ということで……服をお選びください」

きっぱりと言われて、僕は思わずうなずいてしまう。

「わ……わかりました」

服の説明をしてくれるシェパードさんに、僕はついて歩く。あまりにもお洒落な服ばかりで、

自分が着るところなんか想像ができない。

昨夜から次々に起きる出来事に頭がついていかず、服のことなんかすっかり忘れていた。とても高価そうなアンドレイさんの服を、ずっと借りているわけにもいかないだろうし、第一、僕が着ている姿はダブダブでものすごくみっともないだろう。

僕は頬《ほお》が熱くなるのを感じる。

……学校だけならともかく、アンドレイさんの用事にお付き合いするには、この服ではきっと恥《は》ずかしいに違いない。だから服を買うことは必須《ひっす》だろうけど……でも……。

「アンドレイさん」

僕は、壁際《かべぎわ》のソファに座ったアンドレイさんを振り返る。

「とても素敵な機会をありがとうございます。でもあなたにご迷惑をかけるわけにはいきません。僕は服を自分のお金で買おうと思います。でも、急なことだったので、お財布すら持ってきていなくて……」

言葉の途中で、アンドレイさんが言う。

「私がセッティングしたことだ。もちろん服は私がプレゼント……」

「いけません」

僕はきっぱりとかぶりを振る。それから、

「とはいえ、手持ちのお金はゼロだし、屋敷に戻っても貯金があるわけではないんです。日本で使っていたクレジットカードも、すぐに伯父に取り上げられて解約されてしまいましたし。

だから、この騒《さわ》ぎが収まったらアルバイトをします。それで少しずつ貯《た》めて、あなたにお返しします」

アンドレイさんは少し驚《おどろ》いたような顔で僕を見つめ……それからうなずく。

「わかった。いつかは返してもらうことにしよう。そうすれば、君はそれまで私から離《はな》れられないだろうしね」

さらりと言われた言葉に、なぜか頬が赤くなる。

……なんだか、ちょっと嬉しい。そばにいてもいいんだよ、と言ってもらえたみたいで。

僕を見つめる彼の唇に、優しい笑みが浮かぶ。

「たくさんのつらい目に遭《あ》って、なのに自分を見失わない。……君は、本当に強い人だ」

その言葉が、僕の胸にジワリと沁みてくる。なんだか、また泣いてしまいそうになる。

……ああ、この人の言葉は、どうして僕の心をこんなに揺《ゆ》らすんだろう？

僕は必死で涙《なみだ》をこらえながら、彼から目をそらす。

……そして、どうして僕はこんなにドキドキしてるんだろう？

「そうだ、服を選ばなくてはいけませんね。あの……」

僕はアンドレイさんを見つめて、

「こんなお願いをしてしまって申し訳ないのですが……ご迷惑《めいわく》でなければ、服を選ぶのを手伝っていただけませんか？　どれも素敵な服ばかりなのはわかるのですが、僕、勉強ばかりしていたのでファッションに疎《うと》くて……それに、この年齢で恥ずかしいんですけど、ＴＰＯとかもよくわからなくて……」

「わかった」

座っていた彼が、立ち上がる。それから悪戯《いたずら》っぽい笑みを浮《う》かべて、

「それなら私の趣味《しゅみ》で選んでしまうよ？　後で文句を言わないように」

「もちろんです。お任せします」

僕は、一人で赤くなりながら言う。アンドレイさんが僕に歩み寄ってきて、大きな手を、ふわりと僕の頭に乗せる。

「私の前では気を遣《つか》わなくていい。好きなものは好き、苦手なものは苦手だと言ってくれていいんだよ」

……ああ、どうしよう……？

僕はアンドレイさんを呆然《ぼうぜん》と見上げながら、ふいに思う。

……こんなに優しくされたら、何かがおかしくなってしまいそう。

「……さあ、君のための服を選ぼう」

彼が言って、僕にその美しい手を差し伸《の》べる。僕は鼓動がさらに速くなるのを感じながら、その手を取る。

……なんだか、子供の頃《ころ》に読んだ絵本をまた思い出す。

僕がとても好きだったのは、山の上の城に住む野獣《やじゅう》さんと、そこに嫁《とつ》がされた女の子の話。

最初は野獣を怖《こわ》がっていた女の子は、その優しさを知るにつれて、どんどん彼を好きになって

しまうんだ。

……あの童話の中にも、こうやって野獣に手を取られてドレスを選ぶシーンがあった。

僕はアンドレイさんにエスコートされて服を選びながら、なんだか自分がお伽噺《とぎばなし》の中にいるような気がしてくる。

……昨日の今くらいの時間、僕は心配と怯《おび》えで押しつぶされそうだった。こんな優しい人が存在するなんて、想像もしていなかった。それを思ったら、今の僕は本当にお伽噺の中に紛《まぎ》れ込んでしまったのかもしれない。

「……本当にものすごく素敵なシャツですね」

僕は、アンドレイさんが選んでくれたとても綺麗《きれい》な色のシャツを見下ろしながら言う。

「僕、お洒落《しやれ》に疎くてカジュアルな服しか着てこなかったので、デコラティブなデザインの服は実は着るのに勇気が要ります。でも、こういうさりげないものなら……気負わずに着られるかもしれません」

「さて、これに合わせるスラックスと上着、そしてコートを選ぼう」

アンドレイさんが言い、僕のほうに視線を移して、

「君は普段《ふだん》、ジーンズ？」

「はい。大学に行くときはほとんどシャツとジーンズでした。伯父《おじ》から、派手な格好で外に出ることは禁止されていましたから」

「それなら、普段着用にジーンズ。そしてカジュアルなセーターとコートかな？　それから、

少し気取った席にも通用するスーツ。ああ……これは私が払《はら》う。私の都合で必要になるものだから。反論は受け付けない」

きっぱりと言われて、僕は気圧《けお》されてうなずいてしまう。

「は……はい。でもいいのでしょうか？」

「君は大切なお客様だ。少しくらいはそれらしいもてなしをさせて欲しい」

アンドレイさんが言い、さらにスーツやワイシャツを選び始める。

……そういえば、僕はいつまで彼と一緒《いっしょ》にいていいんだろう？

僕は、ふとそう思う。

……昨夜から一緒にいるけれど、彼には何一ついいことなんか起こっていない。もしかしたら彼のお祖母《ばあ》様達が言ったように『契《ちぎ》る』という行為《こうい》をすれば、何か幸運なことが起きるかもしれないけれど……今の僕は、ただの居候《いそうろう》でしかない。

「お隣《となり》の休憩室《きゅうけい》で、着替《きが》えていただきます。アンドレイ様はこちらでお待ちください」

僕はシェパードさんについて隣の部屋に入る。休憩室とかいうから小さな部屋を想像したけれど、そこは二十畳《じょう》くらいはありそうな広い部屋だった。

「まずはスーツの試着をいたしましょう。組み合わせはこれで」

シェパードさんが言って、カウチの上にスーツとワイシャツを広げ、ネクタイを置く。

「私は隣におりますので、ご試着が終わったらお呼びになってください」

シェパードさんは礼をして、さっさと隣の部屋に消えてしまう。

……こんなにお洒落なスーツ、僕に着こなせるんだろうか？

アンドレイ・ローゼンフェルド

「本当にお美しい方ですねえ、シズク様は」

家令が持って来た紅茶を飲みながら、シェパードが言う。

「お顔が麗《うるわ》しいだけでなく、スタイルも素晴らしい。ほっそりと優雅《ゆうが》で、咲《さ》き始めたばかりの純白のバラのようではないですか」

私の脳裏に、今朝見てしまった彼の肌《はだ》がふいによぎる。あたたかな白い肌は、たしかにバラの花弁のように柔《やわ》らかそうだった。小さな乳首は、花弁の奥に隠《かく》された雌蕊《めしべ》のように慎《つつ》ましやかで無垢《むく》に見えた。

……たしかに、シズクのそばにいると、甘いバラの香《かお》りが鼻先をよぎるような気がする瞬間《しゅんかん》があるかもしれない。もぎたての果実のように爽《さわ》やかで、どこかに蜜《みつ》のような甘さを含《ふく》んでいる。それは雫がそういう存在だと、知らず知らずに認識しているせいかもしれない。

カチャ、という音がして、ドアがわずかに開く。そして、恥《は》ずかしそうな顔をした雫が顔をのぞかせる。

「お待たせしてすみませんでした」

彼は言いながら、部屋から出てくる。私は、陶然《とうぜん》と彼の姿に見とれてしまう。

私が選んだのは、淡《あわ》い水色のワイシャツに、わずかに緑がかった上等のトルコ石のような色のシルクのネクタイ。そして黒のスーツ。

ごつさは少しもないが、女性とも違《ちが》うその肩《かた》のライン。引き締《し》まった上半身、細いウエスト。腰《こし》の位置が高く、現代っ子らしく脚《あし》がすらりと長い。

私が想像した通り、ほっそりと優雅な雫の体型に、仕立てのいいスタイリッシュな黒の上下は本当によく似合っていた。

「サイズはいいのですが、すごく格好いいスーツで、僕にはもったいないような……」

彼は、恥ずかしそうに目元を染めながら言う。

……シェパードは彼を咲き始めのバラの花のようだと言ったが……本当に、そんなイメージがある。彼はとても麗しいだけでなく、何か強い力を与《あた》えたら、儚《はかな》く折れてしまいそうだ。

……いや、今でもきっと、折れそうなところを必死で我慢《がまん》しているのだろう。

私の胸が、憐憫《れんびん》といとおしさに痛む。

……ああ、彼のためならどんなことでもしてやりたい。

私は思いながら立ち上がり、彼にゆっくりと近づく。少し驚《おどろ》いた顔で見上げてくる彼に向かって、微笑《ほほえ》んでやる。

「とても似合っているよ。とても綺麗だ」

彼は長い睫毛《まつげ》に囲まれた目を大きく見開き、一気に真っ赤になる。

「……あ、ありがとうございます……」

私は、自分が彼を抱《だ》き締めたくなっていることに気づく。

こうしてそばに立つと、彼は本当に咲いたばかりのバラのような香りがする。みずみずしい花の香りだけでなく、桃《もも》を思わせるような甘い蜜を含んだそれは、頭の芯《しん》がしびれてしまいそうな芳香《ほうこう》だ。

……ああ……このまま強く抱き寄せて、柔らかな髪《かみ》に顔を埋《うず》めてしまいたい。

シャツとコート、それにジーンズというカジュアルな服装に着替えた僕を、アンドレイさんは目立たないセダンに乗せて大学に連れて行ってくれた。僕は研究室のロッカーからデイパックを取り、パスポートと大切な論文の入ったUSBメモリーがちゃんと入っていることを確かめてホッとする。

アンドレイさんはその後で僕をロンドン市内の高級デパートに連れて行ってくれた。そして、すぐに必要になりそうな身の回りのものをひととおり揃《そろ》えてくれた。僕らはデパートの近くの気取らない小さなレストラン（でもものすごく味はよかった）で軽い食事を取ってから、屋敷《やしき》に戻《もど》ってきた。

「アンドレイ様、大変です！」

僕達を車寄せで迎《むか》えたのは、慌《あわ》てふためいたミハイルさんだった。

「先ほどまた、ゾフィー様とズザンナ様がいらっしゃって……」

その言葉に、アンドレイさんが眉《まゆ》をひそめる。

「それで？　二人はもう帰ったのか？」

「お帰りにはなりましたが……少々問題が」

彼は言いながら、後ろに控《ひか》えているメイドさん二人を振《ふ》り返る。二人は今にも泣きそうな顔で、「申し訳ございません！」と言って、深々と頭を下げる。アンドレイさんは、

「祖母達の悪行にはすっかり慣れている。ともかく何があったのかを教えてくれないか？」

「事情は私が。ともかく、お部屋にまいりましょう」

ミハイルさんの先導で、僕とアンドレイさんは部屋に向かって歩きだす。道々話してくれたところによると……お祖母様達は、お客が来ているのだから部屋に花の一つも飾《かざ》るのが常識だろう、とメイドさん達を叱《しか》り付けたらしい。そして花を用意したメイドさん達が、それをどこに飾ろうかと思案しているところに、入ってきて……。

「うわ！」

アンドレイさんの専用リビングに入ったとたん、僕は思わず声を上げてしまう。

リビングにある布製のソファの色が変わるほどびしょぬれになり、真っ赤なバラが散らばっている。これは……花瓶《かびん》をソファの上で逆さまにしたみたいな……。

「なんてことだ。……まさか……」

アンドレイさんが言って、書斎《しょさい》に入る。すぐにうんざりした顔で出てきて、

「書斎のカウチもやられた」

「アンティークですし、分厚いクッションを乾《かわ》かすのは難しいでしょうから、明日にでも専門のクリーニング業者を呼びます。ですが、その……」

心配そうな顔をしたミハイルさんに、アンドレイさんが苦笑する。

「寝《ね》る場所なら心配しなくていい。なんとかする。メイド達を慰《なぐさ》めてやってくれ」

「かしこまりました」

ミハイルさんが言いながら部屋を出て行く。アンドレイさんは僕を振り返って、

「一階のリビングにもソファはある。だからもしも嫌《いや》なら断ってくれていいのだが……よかったら、今夜から同じベッドに寝かせてもらえないだろうか？」

「それはもちろんいいですが……でも、お邪魔《じゃま》だったら僕が一階で……」

「それをしたら、メイド達が責任を感じて今度こそ泣き出しそうだ。しかもうちの祖母達は、神出鬼没《しんしゅつきぼっ》だ。朝になったら、また寝顔《ねがお》を覗《のぞ》き込まれているかもしれないよ。私が一緒《いっしょ》なら、撃《げき》退《たい》することもできるのだが……」

脳裏に蘇《よみがえ》ったあの二人は、大きな蜘蛛《くも》の妖怪《ようかい》に姿を変えていた。毛むくじゃらの尖《とが》った脚をこっちに伸《の》ばしてくるところを想像して、失礼とは思いながら、一瞬《いっしゅん》本気で怯《おび》えてしまう。

「お願いですから、僕と一緒のベッドで寝てください」

僕が懇願《こんがん》すると、彼は微笑んで、

「わかった。私は客間でシャワーを浴びてくる。先にベッドに入って寝ていていいよ」

言って踵《きびす》を返し、そのまま扉の外に消える。

……彼が寝室《しんしつ》に来る前に、さっさとシャワーを浴びなくちゃ……！

僕は寝室に入り、ベッドの上に用意してあったパジャマを取る。それは、アンドレイさんが

僕に選んでくれたあのシャツと同じ色。あたたかな水色がとても美しくて、トロリとした質感が手のひらに優しい。

僕は脱衣室《だついしつ》に入ってパジャマを洗面台の隅《すみ》に置き、着ていた服を脱《ぬ》いで裸《はだか》になる。顔を上げ、大きな鏡に自分の姿が映っていることに気づく。

いくら頑張《がんば》っても逞《たくま》しくならない貧弱な身体《からだ》。鎖骨《さこつ》と乳首の間に刻まれた星の形の痣《あざ》。僕は手を上げ、痣にそっと触《ふ》れてみる。そこから走った不思議な電流に、思わず息を呑《の》む。

「……んっ」

昔からそうなんだけど、この痣に触れるとこんなふうになる。快感に近いその感覚がなんだか背徳的に思えて、僕はこの痣にはできるだけ触《さわ》らないようにしてきた。

……彼のお祖母様《ばあさま》達があんなに必死だったのは、この痣が、本当に幸運を呼ぶのだと信じているから。僕は、アンドレイさんに幸運を呼び込むために、ここにいるはずなんだ。なのに……。

アンドレイさんは僕に失礼なことをしないばかりか、無理強いするようなことも一言も言っていない。それどころか、僕にこんなに親切にしてくれて、さらに姉さんを助けるために親身になって相談に乗ってくれている。

両親が亡くなって伯父《おじ》さんの屋敷に強引に引き取られてきてから、僕の心はずっと凍《こお》り付いていたみたい。姉さんを守らなきゃと焦《あせ》り、また不幸なことが起きるんじゃないかと怯え……。

氷の塊《かたまり》のような僕の心が、アンドレイさんといる時だけゆっくりと溶《と》かされていくみたい。

彼の美しい目で見つめられたり、低くてよく響《ひび》く声を聞いたり、紳士《しんし》的にそっと触れられたりするだけで、心配することなんか何もないような気持ちになってくる。

……彼は本当に、お伽噺《とぎばなし》の優しい野獣《やじゅう》さんみたい。なんて魅力《みりょく》的で、素敵な人なんだろう。

僕はホッとため息をつき、それから自分が半裸《はんら》でぼんやりしていたことに気づく。

……ああ、何してるんだろう、僕？

僕は慌ててシャワーを浴びて、タオルで髪をガシガシ拭《ふ》いて適当に乾かす。

それから、パジャマを身に着ける。クチュリエのシェパードさんが持ってきてくれたものだから、僕の身体にぴったりのサイズだ。

ボタンを留めながら脱衣室の電気を消し、ベッドルームに出る。ベッドに向かいながら窓のほうを何気なく見た僕は、ガラスにとても優雅《ゆうが》な青年が映っていることに驚いてしまう。

シルクのパジャマが彼の身体をぴったりと包み込み、そのほっそりとした体型を露《あら》わにしている。彼の姿は凜々《りり》しく、そしてとても色っぽく見えた。僕は驚きも忘れて一瞬見とれてしまったけれど……そこに映っているのは、もちろん僕自身の姿だった。

ガラス越《ご》しに見返してくる僕は、頰《ほお》を恥《は》ずかしそうに染め、今にも泣きそうに目を潤《うる》ませている。こんな表情をした自分も、とても想像できなくて……。

……どうして今の僕は、こんな顔をしているんだろう？

僕は自分を見つめながら、呆然《ぼうぜん》と考える。

……もしかして、アンドレイさんと同じベッドに寝るから？

思った瞬間《しゅんかん》、なぜか身体がカアッと熱くなる。

……もしも、こんな薄《うす》いパジャマだけで抱き締められたら、どうなってしまうんだろう？

思った時、部屋の向こうでドアが開閉する音が聞こえた。続いて、リビングを横切って近づいてくる足音。寝室のドアに、微《かす》かなノックの音が響く。

「シズク？　入っても大丈夫《だいじょうぶ》？」

「はい、今、開けます！」

僕は慌《あわ》てて部屋を横切り、ドアを開く。

そしてそこに立っていたアンドレイさんを見て、ますます鼓動《こどう》が速くなるのを感じる。

彼は艶《つや》のある濃紺《のうこん》のパジャマに身を包んでいた。肌《はだ》に張り付くシルクが、彼の逞しく鍛《きた》え上げられた身体を浮《う》き上がらせている。

「……あ……」

パジャマ越しに抱き締められたら……という考えがまた頭をよぎる。思わずその場に立ちすくんでしまった僕を、アンドレイさんが不思議そうに見下ろしてくる。

「どうかした？」

「いえ、なんでもありません」

僕は慌てて道をあけようと後退るけれど……ほんの少し長めだったパジャマの裾《すそ》を踏《ふ》み、そのまま後ろに倒《たお》れそうになる。

「……うわ……っ」

尻餅《しりもち》をつくことを覚悟《かくご》したけれど……彼の逞しい腕《うで》が、すばやく僕を抱き留める。

「大丈夫？　のぼせた？」

彼が言いながら、心配そうに僕の顔を間近に見下ろしてくる。僕は慌てて、

「すみません。ちょっとつまずいただけです」

「今日はたくさん歩かせてしまった。疲《つか》れて足に力が入らないんだろう」

言いながら、僕の身体をそのままふわりと抱《だ》き上げる。

「……あっ」

男の僕をこんなふうに軽く抱き上げるなんて、驚《おどろ》くほどの力だ。こんなふうにされると、まるで自分が小さな仔猫《こねこ》にでもなったかのような気がしてくる。どこか不安で、恥ずかしくて、でもその感情はなぜかやけに甘くて……。

「腕を、私の首に回して。ベッドまで運んであげる」

耳元で低く囁《ささや》かれて、僕はもう何も考えられなくなる。僕は腕を上げて、彼の首にそれを回す。彼の香《かお》りが鼻孔《びこう》をくすぐって、なぜかこのまま強く抱き付いてしまいたくなる。

……ああ、本当に、今夜の僕はとてもおかしい……。

お姫《ひめ》様にでもするかのように大切に運ばれ、そのままベッドにそっと押し倒される。

「……あ……」

まるでキスでもされそうなほど至近距離《きょり》にある、彼の端麗《たんれい》な美貌《びぼう》。間接照明を反射して、彼のサファイヤ色の瞳《ひとみ》が本物の宝石みたいに煌《きら》めく。左右の瞳の色が違《ちが》って見えて、それがなん

だかとてもミステリアスで……僕は彼の顔から目をそらすことができない。

「私がそばにいる。何も心配しなくていい。……ゆっくりおやすみ」

彼が吐息《といき》のように囁く。彼の顔がさらに近づいて、僕は思わずきゅっと目を閉じる。

……もしかして、キスをされる？

奥手な僕は、誰《だれ》かと付き合ったことすらない。だからもちろん、キスも初めてで……。

……ああ、初めてのキスは、アンドレイさんと……？

男の僕のファーストキスの相手がアンドレイさんだなんて、世間から見たら不自然なことだろう。だけど、不思議と嫌ではなかった。

……それどころか……。

僕は身体が熱くなるのを感じながら、さらに強く目を閉じるけれど……。

あたたかな唇《くちびる》が触れてきたのは、唇じゃなくて額だった。しかも、ほんの一瞬だけ。

僕はゆっくりと目を開き、彼を見上げる。彼は僕を至近距離から見下ろして言う。

「目を閉じた君があまりにも可愛《かわい》くて、ついキスをしてしまった。嫌だった？」

「……嫌じゃないです。でも、額じゃなくて……」

僕は言いかけ、自分の言葉に驚いてしまう。

……ああ、今、何を言おうとしたんだ、僕は……？

彼は、僕の言葉の続きを待つかのように、僕を見つめて動きを止めている。

「……いえ、なんでもありません」

「そうか」

彼はふっと苦笑し、それから僕の上からそっとどいてくれる。

「私はもう少しだけ仕事をしてくる。だから先に寝《ね》ていてくれ。……おやすみ」

彼が手を伸《の》ばし、僕の前髪《まえがみ》をそっと直してくれる。そのままふわりと髪を撫《な》でられて、また鼓動が速くなる。

……ああ、どうしよう……？

彼が立ち上がり、寝室《しんしつ》を出ていく。パタンと音がして、ドアが閉まる。

僕は深呼吸をして、それから自分の身体を見下ろしてみる。そして自分の身体がどうしようもない状態になっていることに気付く。

……ああ、どうして……？

パジャマの上衣の裾に隠《かく》されてはいるけれど……僕の屹立《きつりつ》はいつの間にか硬《かた》く反り返り、下着とズボンを押し上げていた。僕はなんだか泣きそうになりながら、呆然と思う。

……アンドレイさんから額にキスをされただけで、どうして身体がこんなふうになっちゃうんだろう……？

僕はゆっくりと起き上がるけれど……乳首の先にパジャマの布地が擦《こす》れる感触《かんしょく》に、思わず息を呑《の》む。見下ろすと、僕の屹立だけでなく、乳首も硬《かた》く尖《とが》って存在を主張していた。今まで意識したことすらなかったそこが、今は性感帯みたいに甘く疼《うず》いている。

男だし、マスターベーションはしたことがある。でも今までの僕にとって、それは単なる面《めん》倒《どう》な生理現象。快感と結びつけることなんか考えていなかった。だけど、なぜか今夜は……。

……ああ、どうなっちゃったんだろう？　このままじゃ、下着とパジャマを汚《よご》しそう。

僕は混乱しながら、のろのろと起き上がるけれど……パジャマの布地が痣《あざ》の上を擦り、思わず息を呑む。ほんの少しの刺激《しげき》なのに、泣いてしまいそうなほどの快感が走ったからだ。

……このままアンドレイさんと同じベッドに入るなんて、絶対に無理だ……。

僕はベッドから下り、さっき出てきたばかりのバスルームに逆戻《ぎゃくもど》りする。パジャマと下着を脱《ぬ》ぎ捨て……自分の屹立が浅ましく反り返っていることに気づいて泣きそうになる。

……ああ、僕の身体《からだ》、本当に変だ……。

僕はシャワーを勢いよく出し、その下に入る。お湯が肌の上を滑《すべ》り落ちる感覚だけで、全身が痺《しび》れてくる。乳首と痣が疼き、屹立の先端《せんたん》から先走りの蜜《みつ》がトロトロと流れる。

……早く出さなくちゃ！　アンドレイさんが戻ってくる前に……！

あたたかい雨の中、両手で屹立を握《にぎ》って擦り上げる。そこから走るのは、紛《まご》うかたなき快感。先端からは先走りが溢《あふ》れる。いつもならすぐにイけているはずだ。なのに……。

……ああ、どうしてイけないんだ……？

僕は混乱で半泣きになりながら、必死で屹立を擦り上げる。ものすごく気持ちがよくて立っていられず、床《ゆか》に座り込む。なのに、どうしても達することができない。

……僕の身体、いったいどうなっちゃったんだよ……？

アンドレイ・ローゼンフェルド

書斎《しょさい》から寝室に戻った時、雫の姿はベッドの中にはなかった。バスルームのドアの向こうから微かにシャワーの音が聞こえ、彼はそこにいるのだろう、と思った。……しかし。

本を読みながらしばらく待っていた私は、雫が出てこないことが心配になる。

「シズク、大丈夫か？」

私は脱衣《だつい》室のドアを叩《たた》きながら言うが、反応はない。私はドアを開き、脱衣室を抜《ぬ》けてバスルームのドアの前に立ち、中に声をかけようとして……。

「……う……ん……っ」

バスルームから聞こえてきた苦しげなため息に、私は血の気が引くのを感じる。

「シズク、大丈夫か？」

私は叫《さけ》び、バスルームの扉《とびら》を勢いよく開く。雫は、タイルの床の上に座り込んでいた。

私の姿を見て、彼はとても驚いたように顔を上げる。泣いていたかのように染まる目元、しなやかな身体。濡《ぬ》れた白い肌《はだ》があまりにも美しくて、私は呆然《ぼうぜん》と見とれてしまう。

「……あ……っ」

彼は私を認めて、怯《おび》えたような顔になる。そこで私は、初めて彼が何をしていたかに気づく。彼の両手は、そのしなやかな両脚《りょうあし》の間に下りていた。

「……アンドレイさん……！」

彼が、愕然《がくぜん》とした声でつぶやく。私は思わず彼の両手の間に視線を落としてしまい……彼の身体が変化していることに気づく。

……彼は……反応している……。

美しい容姿に見合った完璧《かんぺき》な形の屹立が、彼の両手の間から覗《のぞ》いていた。彼がまだとても無垢《むく》なことを示すように、彼の先端は蕾《つぼみ》のような淡《あわ》いバラ色をしている。しかしとても感じている証拠《しょうこ》に、彼の屹立は反り返り、その先端《せんたん》からトロトロと蜜を溢れさせていて……。

「……あ……」

私が見ていることに気づいたのか、彼は前かがみになり必死に両手で屹立を隠す。今にも泣きそうな震《ふる》える声で、

「ごめんなさい！　こんなの、気持ちが悪いですよね？　ごめんなさい！」

彼は叫び、慌《あわ》てて立ち上がろうとするが……。

「……っ」

足から力が抜けてしまっているのか、大きくよろける。私は慌てて駆《か》け寄り、彼の身体をしっかりと抱《だ》き留める。私のパジャマがシャワーでびっしょりと濡れて、まるで二人とも何も着ていないかのように、彼の身体のラインをリアルに感じる。彼の染まる頬《ほお》と、潤《うる》んだ瞳。それ

を見た瞬間《しゅんかん》、私の中に不思議な感情が湧《わ》き上がる。

「謝らないでいい」

今まで、自分がこんな気持ちになるなどとは想像したこともなかった。なぜか、彼のことが愛《いと》おしくてたまらない。

「大丈夫《だいじょうぶ》だ、私も男なので、男の生理現象はよくわかる。珍《めずら》しいことじゃない」

泣きそうな顔の彼を見るだけで、何かが吹《ふ》き飛びそうになる。

「これでは苦しいだろう？　楽にしてあげるからおとなしくして」

私は囁《ささや》き、二人の身体の間に手を滑り込ませる。勃《た》ち上がって震えている彼の屹立を、右の手のひらで包み込む。驚《おどろ》いたように身体を震わせる彼を、左手でしっかりと抱き留める。

「……あ、アンドレイさん……」

私は彼が痛がったりしないように、できるだけ優しく屹立を擦り上げる。

「……ん……っ！」

ヒクヒク震えて、蜜を零《こぼ》す彼の屹立。先走りを先端に塗《ぬ》り込めてやると、彼の身体が大きく跳《は》ね上がる。

「……んっ……んっ……」

「屹立が震えて、蜜をこんなにたくさん垂らしている。……気持ちがいい？」

囁くと、彼は震えながらも素直にうなずく。

「……はい……気持ちい、です……あぁっ！」

先端のスリットを指先でヌルヌルと刺激してやると、彼は私にすがりつき、身体を震わせる。

初々しい反応が、彼が行為《こうい》に不慣れであることを表していて、とても愛おしい。

「……遠慮《えんりょ》はしなくていい。私の手でイッてごらん」

私が囁くと、彼はなぜか大きくかぶりを振《ふ》る。

「……ダメなんです。どうしても、イけなくて……」

「慣れない場所で、緊張《きんちょう》しているんだろう」

「わかりません。身体がおかしいんです。身体が熱くて、とても感じてしまって……なのに、どうしてもイけない……」

私は彼の身体をそっと抱き締《し》め、耳たぶにそっとキスをする。

「大丈夫だよ。何も考えず、私の手だけを感じてごらん」

私は蜜でヌルヌルになった屹立をゆっくりと扱《しご》き上げ、耳たぶを甘噛《あまが》みしてやる。

「可愛《かわい》い、シズク」

「……アアッ！」

彼が大きく身体を反り返らせ、その先端からビュクビュクッと蜜を迸《ほとばし》らせた。

「……ん、くう……っ」

切なげに喘《あえ》ぎ、達した彼は凄絶《せいぜつ》なほどに美しく……私は眩暈《めまい》を覚えた。

……ああ、このまま抱《だ》いてしまえたらいいのに……。

自分達に幸運を呼び込むための単なる道具……祖母達は、雫のことをそう思っているようだった。きっと彼の祖父や伯父《おじ》も、同じように思っていたのだと思う。そういう人々に、私は激しい怒《いか》りを覚えていた。

彼は知れば知るほど魅力《みりょく》的な一人の青年で、天使のように無邪気《むじゃき》だった。私はどうしようもなく彼に魅《ひ》かれていることは自覚していたが、同時に、無垢な彼を汚すことを恐《おそ》れてもいた。

なのに……。

たくさんの白い蜜を放った雫は、まだ荒《あら》い呼吸を続けている。彼の身体《からだ》がくずおれないように左手でその腰《こし》を抱き寄せ、バラ色に染まる耳たぶにそっとキスをする。

「……シズク、大丈夫……？」

「……んっ……」

それだけでまた感じてしまったのか、雫の裸体《らたい》がびくりと跳ね上がる。

「……大丈夫、です……でも……」

雫は私の胸に額を押し付けたまま、かすれた声で答える。

「……ごめ、なさ……まだ、歩けそうになくて……」

「わかっているよ。だが、身体がベタベタで気持ちが悪いだろう？　洗い流すから、倒《たお》れないように私につかまっていなさい」

言うと、雫はゆっくりと手を上げて、私の背中に回す。濡れたパジャマの布地を握《にぎ》り締め、すがるように身体を預けてくる彼が、とても愛おしい。

私は手を伸《の》ばしてシャワーコックを取り、蜜《みつ》にまみれた彼の身体を洗い流す。

彼をバスタブの縁《ふち》に座らせ、脱衣室に戻《もど》る。濡れたパジャマを脱《ぬ》ぎ捨ててバスローブを羽織り、バスタオルを持って浴室に入る。呆然としたままの彼の身体を、そっと拭《ふ》いてやる。

「ベッドに行こう。ここにいたら、体が冷えてしまうだろう」

私は裸《はだか》の彼を抱き上げて、ベッドの上にその身体をそっと横たえてやる。彼は疲《つか》れ果てたようにぐったりと脱力《だつりょく》し、そのまま気絶するように眠《ねむ》ってしまった。

……さっきまで、あんなに色っぽかったのに……。

私は彼の安らかな寝顔《ねがお》を見下ろしながら思う。

……寝顔は、まるで子供みたいなんだな……。

私はクローゼットからパジャマを出し、ズボンだけをはく。シャワーを長時間あびていたせいか、それとも彼の影響《えいきょう》か、身体が火照って上衣を着る気がしない。そのままの格好で予備のシーツと毛布をクローゼットから出してベッドに戻り、彼の身体を包んでやる。そして彼の隣《となり》に横たわり、安らかな寝息《ねいき》を立てる彼をそっと抱き締めてみる。

両親が亡くなってから、私はローゼンフェルド一族に奉仕《ほうし》するためだけに生かされてきた。私の心臓は乾《かわ》ききり、なんの感情も希望も抱かなくなっていた気がする。

……なのにこうしていると、心があたたかい何かに満たされる。固まったまま動かなかった心臓が、ゆっくりと鼓動《こどう》を刻み始める気がする。

私は胸の中の麗《うるわ》しい青年を見下ろし、胸が熱く甘く痛むのを感じる。

……私は、いつの間にか、どうしようもなく彼に惹《ひ》かれてしまっている……。

桜羽雫

まるであたたかな海を泳いでいるかのような、心地《ここち》いい浮遊感《ふゆうかん》。身体はたっぷりと満たされて、しっとりと重い。だけど心は軽く、今にも蕩《とろ》けそうに甘い気持ちで……。

とても気持ちのいい夢を見ていた僕は、朝の光の中でゆっくりと目を覚ます。

重い瞼《まぶた》をひらくと、すぐ近くにアンドレイさんの顔があった。

……僕、まだ夢を見てるのかな……？

朝の光に、彼の艶《つや》のある髪《かみ》が煌《きら》めいている。こんなに近くで見てもまったく欠点のない、本当に彫刻《ちょうこく》のような美貌《びぼう》だ。だけど……。

僕は彼の寝顔に見とれながら、胸が甘く締め付けられるのを感じる。目を閉じてゆったりとした寝息を漏《も》らす彼は、どこか少年のように無邪気に見える。

視線を動かすと、彼が上半身に何も着ていないことがわかる。陽灼《ひや》けした滑《なめ》らかな肌《はだ》、男っぽい首筋。逞《たくま》しい肩《かた》と、厚い胸。引き締まったウエストから下は、シーツに覆《おお》われていて見えない。彼の腕《うで》は、僕の腰に回されていた。心地いい重みも、触《ふ》れ合う肌と肌の感触《かんしょく》も、本当にリアルで……。

……僕、なんて夢を見てるんだろう？　でも、すごく落ち着く……。

朦朧《もうろう》とした頭で思いながら、僕はまた眠りに落ちそうになる……けど……。

「目が覚めた？」

まだ少し眠そうな低い声。

「おはよう、シズク」

その言葉に、僕は一気に目を覚ます。昨夜あったことが、脳裏に鮮《あざ》やかによみがえる。

僕はお風呂場《ふろば》でマスターベーションをしようとして、でもうまくいかなくて。僕の具合が悪いと勘違《かんちが》いしたアンドレイさんが風呂場に飛び込んできて……そして……。

思わず自分の身体を見下ろした僕は、自分の上半身が剝《む》き出しになっていることに気付く。

慌ててシーツを引き寄せるけれど、肌を滑《すべ》るその感触で、自分の状態をはっきりと認識する。

……うわ……裸のまま寝《ね》ちゃったんだ……！

僕は、思わず首元までシーツを引き上げて真っ赤になる。アンドレイさんが手を伸ばし、そっと髪を撫《な》でてくれる。

「……まだ眠そうだね。起こして悪かった。疲れているだろう？」

優しい囁きと、優しい視線。彼の指はそのまま僕の頰を滑り、僕の耳たぶをくすぐる。思わず首をすくめて笑ってしまうと、彼は安心したように微笑《ほほえ》んでくれる。

……ああ、どうしよう？　まるで新婚《しんこん》さんみたい……。

「いえ、大丈夫《だいじょうぶ》です……おはようございます」

アンドレイさんが、シーツを握りしめている僕の手元を見下ろして微笑む。

「昨夜、ベッドに運んですぐに君は眠ってしまった。パジャマを着せるべきだったのかもしれないが、あまりにも安らかに眠っているので、起こすのが可哀想《かわいそう》になってしまった」

彼が、とても優しい目で僕を見つめて言う。

「寒くなかった？」

「いいえ、大丈夫でした。あなたが、あたためてくださったから……」

僕は、頬《ほお》が熱くなるのを感じて、思わず彼から目をそらす。

プルルル！

いきなりけたたましい音が彼の言葉を遮《さえぎ》り、僕は驚《おどろ》いて周囲を見回す。

「家令からの内線電話だ。何か急ぎの用事だといけない。……少し待っていて」

彼は言い、手を伸ばして受話器を取る。

「アンドレイだ。……ケープタウン支社から？　わかった、つないでくれ」

彼は言いながら、起き上がろうとする僕を手で制する。

「気を遣《つか》わないで。ここにいていいよ」

そのままそっと頬に触れられて、鼓動が速くなる。

「……ローゼンフェルドだ。いや、休暇《きゅうか》中だが気にしなくていい。どうした？」

電話の相手が出たみたいで、アンドレイさんが話し始める。だけど彼の指は僕の頬に触れたまま。事務的な口調で話しながらも、彼の指はとても優しく、僕の頬を撫でる。こうしていると、まるで自分が仔猫《こねこ》になってしまったみたい。

「ダイヤモンドの鉱脈が見つかった？　廃坑《はいこう》の決まっていた、あのカムバリー鉱山から？」

アンドレイさんが、驚いた声で言う。

……ダイヤモンド……？

あまりにも非現実的な言葉に、僕は驚いて起き上がる……けど、自分が裸だったことを思い出して、思わずシーツを引き寄せる。アンドレイさんは僕の様子に気付いたのか、話しながら手を伸ばし、ベッドサイドの椅子《いす》にかかっていたガウンを取って、僕の肩にそっと羽織らせてくれる。

「ああ……たしかに幸運だった。廃坑にする前に再調査をしておいてよかったな」

アンドレイさんは冷静に話しているけれど、電話の向こうの相手はなんだかすごく興奮しているみたいだ。

……本当にダイヤモンドの鉱脈が見つかったなんて、ものすごいことだ。アンドレイさんの会社にとって利益があるのなら、きっとそれはすごく幸運なことで……。

僕は思い、ふと自分の身体の痣《あざ》のことを思い出す。

……幸運？　もしかして、昨夜のあれも『契《ちぎ》る』ということにカウントされたとか……？

「ああ、詳《くわ》しいことはメールで指示する。まずはスタッフ達にお祝いとお礼を伝えてくれ」

アンドレイさんは言って電話を切り、僕を振《ふ》り返る。羽織ったままだった僕のガウンの腰帯《こしおび》を結んでくれながら、ごく自然な口調で言う。

「私の会社にとって、幸運なことが起きた。もしかしたら、君の星のおかげかな？」

僕は、お祖父様《じい》から聞いた、ジョエル叔父《おじ》さんの話を思い出す。彼は幸運をもたらしたと聞いたけれど……。

「……僕に、あなたを幸運にする力が、本当にあればいいのに」

思わず呟《つぶや》くと、彼が、驚いたように顔を上げて僕を見つめる。僕は、

「英国に来てから、自分の身体にある『幸運の星』をずっと疎《うと》ましく思ってきました。でも、今はちゃんと力があればいいのに、と思ってしまいます。そうすれば、少しはあなたに恩返しができるのに」

そう言うと、彼は優しい顔で苦笑して、

「恩返し？　そんなことを考える必要はないよ。君のような素晴らしい人と出会えたことが一番の幸運だと思うし、私は君の役に立てたら嬉《うれ》しいと思って、勝手に行動しているだけだ」

「……アンドレイさん……」

僕は、なんだか少し怖《こわ》くなってしまいながら、彼の名前を呼ぶ。

「どうした？　……ああ、少し顔色が悪いな。昨夜、無理をさせてしまった？」

心配そうに言われて僕はかぶりを振る。それから彼の顔を真《ま》っ直《す》ぐに見て、

「あなたのために役立てたら嬉しいです。でも同時に、少し怖くなりました」

僕はガウンの胸元を握《し》り締める。

「僕は今まで、『幸運の星』の効力なんか信じていませんでした。ブラッドレイ一族に伝わる

ただの伝説で、何かが起きたのだとしてもただの偶然《ぐうぜん》だろうと……でも……」

シルクのガウン越《ご》しに、そっと痣に触れてみる。昨夜はあんなに熱かったその部分が、今は凍《こお》りつきそうなほど冷たい気がする。

「……もしもそんな力が本当にあるのなら、お祖父様達があんなにこだわる理由がわかるような気がします。それに……僕をいろいろな人に売ろうとした理由も」

パーティーで、いかにも権力のありそうな人々と熱心に交渉《こうしょう》をしていた、伯父《おじ》さんの姿を思い出す。もしも『幸運の星』を持つ者が莫大《ばくだい》な利益を生み出す存在だとしたら、欲《よく》に目が眩《くら》んだ人達はどんなことでもしそうな気がする。そして……。

「もしも幸運を呼べるのなら、あなたのためにそうしたい。ずっとあなたのそばにいて、あなたを幸せにできたらいい。でも……」

僕の心臓の鼓動が、不吉に速くなる。

「……お祖父様と伯父さんは、それを許してくれるでしょうか？」

「え？」

アンドレイさんが驚いた顔をしたのを見て、僕は慌《あわ》ててかぶりを振る。

……そんなことを心配しても仕方がない。今は、もっと考えることがあるはずだ。

「男の僕でも、本当に男のあなたを幸せにする力があるんでしょうか？　両親は『幸運の星』がある僕らは好きな人を幸せにする魔法《まほう》が使える、と言ってくれていました。でも、お祖父様と伯父さんは、身体《からだ》の関係を持った全員に幸運なことが起きると信じていて……特に僕の場合は、男だし……」

　僕が言うと、アンドレイさんは何かを考えるような顔をして、

「私も、君に会うまでは『幸運の星』を持つのは女性だけだと思っていた。祖母達も、パーティーに参加する『お嬢《じょう》さん』というような言い方をしていたしね。だから男性の君が、その人だと知って少し驚いた」

「……ジョエル叔父さんという人に、話を聞けたらよかったのに……」

　僕は思わず呟いてしまう。アンドレイさんが不思議そうな顔をしたことに気づいて、

「あ、すみません。……実は、男性でも『幸運の星』を持った人がいたらしいんです。父さんとは年の離《はな》れた弟にあたる人で、ジョエルさんというらしいんですが……」

「その人に連絡《れんらく》を取って、話を聞くことは可能だろうか？」

　彼の言葉に、僕は暗い気持ちになりながらかぶりを振る。

「祖父は、ジョエル叔父さんはもう亡くなったと考えているようでした。ジョエル叔父さんは十年前にヒューゴ・ベルギウスという人の養子……実際は愛人だったようですが……になり、そこでひどい扱《あつか》いを受けたとか。祖父が面会した時、すでに半死半生の状態だったそうです」

「ヒューゴ・ベルギウス？　ベルギウス社の？」

　アンドレイさんが、驚いたような顔で言う。

「ご存知なんですか？」

　僕が言うと、彼はうなずいて、

「特に親しいわけではないが、社交界のパーティーで何度か顔を合わせている。少し話をしたこともあるが……落ち着いていて理知的な男だと思った。それほどひどいことをするような人間とは思えないが……」

彼は少し言葉を切り、何かを考えているかのような顔で言う。

「ジョエル氏について、少し調べさせてみる。君の身体にある『幸運の星』に関して、何か新しいことがわかるかもしれない。結果が出たら君にも報告しよう」

「はい。よろしくお願いします」

僕は彼に頭を下げ、それからその拍子《ひょうし》にガウンの襟元《えりもと》がはだけてしまったことに気づいて慌ててかき合わせる。

「あ……すみません、こんな格好で。僕、着替《きが》えないと……」

ベッドから下りようとした僕の腕《うで》を、アンドレイさんの手がそっと止める。

「少し待って。君に今すぐに聞きたいことがあるんだ」

「なんでしょうか？」

姿勢を正す僕を見つめて、アンドレイさんが言う。

「君はとても純情そうだから、放っておくとどんどん関係が後退しそうだ。せっかく親しくなれたのに、いつの間にかまたただの年上の友人に戻《もど》っているかもしれない。だが、私はそうはしたくない」

「ええと……はい」

「正直に告白すると、私は君にとても魅《ひ》かれている。この城で過ごすうち、どんどん好きになった。もしも嫌《いや》でなければ……キスをしてもいい？」

「えっ？」

唐突《とうとつ》な展開に、僕は呆然《ぼうぜん》とする。彼が苦笑して手を伸《の》ばし、僕の頬《ほお》を手のひらで包み込む。

「悪かった。ムードも何もなかったな。……好きになった人とおはようのキスをするのは、私の長年の夢だったんだ。こんなに冷淡《れいたん》な自分が、誰《だれ》かを好きになることなどありえないかもしれない。そう思って、あきらめかけていたのだが」

「あなたは、冷たい人ではありません。そして、僕は恩人であるあなたを、少しでも幸福にしてあげたいんです」

僕は言って彼の両肩《りょうかた》に手をつく。

「おはようございます」

言って目を閉じ、彼に勢いよく顔を近づけて……。

僕の唇《くちびる》が、柔《やわ》らかいものに微《かす》かに触《ふ》れる。僕は、ドキドキしながら彼から離れる。

……どうしよう、自分からキスをしちゃった……。

「外れだよ。シズク」

彼が、ため息混じりに言う。

「君が今キスをしたのは、ここだ」

彼が指差したのは、鼻の先だった。

「ええっ？　す、すみません、僕、慣れてなくて……」

「そのうちに上手になる」

彼は言って、僕の身体をそっと引き寄せる。

「今は、私が教えてあげよう」

彼が言って、僕の唇にそっとキスをする。

……ああ、どうしよう？

僕は彼の唇のあたたかさを感じながら、陶然《とうぜん》とする。

……ドキドキして、死んでしまいそうだ……。

彼は軽いキスを何度も繰《く》り返して僕を酔《よ》わせてしまい……解放された時には、僕はもう息も絶え絶えだった。

「シズクは本当に可愛《かわい》い。キスだけでそんな顔をして」

彼が囁《ささや》き、僕の額にキスをしてくれる。

「おなかがすいていない？　ダイニングに下りて朝食に……」

彼が言いかけた時、ベッドルームのドアの向こうがいきなり騒《さわ》がしくなった。

「いけません、ゾフィー様、ズザンナ様！　お願いです！」

家令のミハイルさんが叫《さけ》んでいるのが聞こえる。その声に重なったのは……。

「邪魔《じゃま》するんじゃない！　アンドレイに、お祝いを言わなきゃいけないんだよ！」

「廃坑《はいこう》寸前の鉱山から、とんでもないダイヤモンド鉱脈が見つかったんだろう？　そんな幸運は、アンドレイとあの子が契《ちぎ》った証拠《しょうこ》に違《ちが》いないよ！」

アンドレイさんが顔を厳しく引き締め、ベッドから下りる。彼は全裸《ぜんら》ではなく、下半身にパジャマのズボンをはいていた。彼は部屋を横切りながらガウンを羽織り、リビングへのドアを開こうと手を伸ばして……。

ドアがいきなり開き、その向こうから黒衣の双子《ふたご》が姿を現した。杖《つえ》をついているにもかかわらず、ものすごい速さで部屋に入ってくる。

「アンドレイ！　よくやったよ！」

「高い代金を支払《しはら》った甲斐《かい》があった！」

二人はアンドレイさんの脇《わき》を素早く擦《す》り抜《ぬ》け、至近距離《きょり》から僕を眺《なが》めまわす。まるで珍《めずら》しい道具でも見るような視線に、僕はとてもみじめになって、泣いてしまいそうになる。

「男だから無理かと思って、少し心配していたけれど、そんな必要はなかったねえ。さすがにブラッドレイ家の人間のフェロモンは強力だ」

「こんな綺麗《きれい》な子なら、堅物《かたぶつ》のアンドレイも誘惑《ゆうわく》されて当然だよ。これからもせいぜい励《はげ》んで、たくさんの幸運をもたらしてもらわないと……」

「お祖母《ばあ》様」

アンドレイさんが、地の底から響《ひび》いてくるような低い声で言う。

「二度とシズクに失礼なことをしないでくれ……電話で、そうお願いしたはずです」

「なんだい、反抗《はんこう》する気かい？」

「あんたがローゼンフェルド・グループの総帥《そうすい》になれたのは、いったい誰のおかげだと思っているんだ？」

二人は杖を振《ふ》り回《まわ》し、怒《いか》りで顔を真っ赤にしながら叫ぶ。その迫力《はくりょく》に、僕は本気で気圧《けお》されてしまうけれど……。

「私がローゼンフェルド・グループの総帥に上りつめたのは、もちろん私の実力です」

アンドレイさんが、きっぱりと言う。

「シズクをあのブラッドレイ家から連れ出すチャンスをくださったことには、感謝しています。しかし、シズクは道具ではなく、私の花嫁《はなよめ》だ。私が彼をすべての敵から守ります」

彼は僕とお祖母様達の間に立ちはだかり、きっぱりとした口調で言う。

「これ以上のことをなさるようなら、お二人には名誉《めいよ》顧問《こもん》の座から退いていただきます」

「なんだって？　幸運を一人じめする気だね？」

「やはりあんたは、あの忌《い》まわしいチェレゾフ家の血《い》を引く人間だよ！　その薄汚《うすぎたな》い根性は、あの女にそっくりだ！」

アンドレイさんは一瞬《いっしゅん》苦しげな顔をし、それから激しい怒りをその顔に浮《う》かべて言う。

「母のことを悪く言うことも、もう許しません。そして今後一切、私の屋敷《やしき》には足を踏《ふ》み入れないでいただきたい」

お祖母様達は呆然とし、それからふいに振り返って僕を睨《にら》み付ける。

「わかった。あんたが、その綺麗な顔と身体を使って、アンドレイをそそのかしたんだね？」

「ああ……絶対にそうだ。あんたのような子がお姫様《ひめさま》のように幸せになるなんて、絶対に許さないよ。覚えておき」

二人は憎々《にくにく》しげに言って、魔女《まじょ》のように尖《とが》った爪《つめ》で僕を指さす。

「お祖母様」

アンドレイさんが本気で怒《おこ》った顔で言う。

「シズクは、私の花嫁です。これ以上失礼なことを言うようなら……」

「ああ、こわいこわい」

「アンドレイは、すっかり変わってしまったよ」

二人は素早く部屋を横切り、ドアの向こうに消える。

あまりの毒気に硬直《こうちょく》してしまっていた僕は、ドアが閉まったとたんに、両手で顔を覆《おお》ってため息をつく。

「シズク」

まだ怒りの表情を浮かべたままのアンドレイさんが、僕の肩《かた》をそっと抱《だ》き寄せる。

「不愉快《ふゆかい》な思いをさせて、本当にすまなかった。あの二人と君が二度と顔を合わせなくていいように、徹底《てってい》する」

その言葉に、僕はかぶりを振って、

「僕のせいで、あなたとお祖母様達が喧嘩《けんか》をすることになってしまいました。本当に申し訳ありません」

「もともと仲などよくない。気にしなくていいんだよ」

アンドレイさんの優しい言葉に、胸が締《し》め付けられる。

「お祖母様達はダイヤモンドの鉱脈が見つかったと喜んでいましたが、あれは偶然《ぐうぜん》ではないでしょうか？　だって僕、まだあなたと契りを交わしてすらいません。ええと……少しだけ、それに近いことはしましたが……」

本物の恋人《こいびと》みたいに扱《あつか》ってもらえた夜を思い出すだけで、なんだか泣いてしまいそうだ。

「あなたには、姉さんと小山内さんを助けていただいたという、とても大きな恩があります」

僕は言葉を切って覚悟《かくご》を決め、それから彼を真《ま》っ直《す》ぐに見つめて言う。

「……僕を、抱《だ》いてくれませんか？」

アンドレイさんが、呆然とした顔で僕を見つめる。僕は、

「僕を抱いてください。そうしたら、あなたに恩返しができるかもしれません。ただの偶然ではなく、あなたにもっと大きな幸運が……」

僕の言葉を、アンドレイさんが手を挙げて止める。

「君は何か誤解をしているよ、シズク」

彼が真摯《しんし》な目で僕を見つめてくれながら、言う。

「私は、幸運など望んではいない。私が本当に欲しいと思っているのは、君自身だ。……君のことを、もっともっと知りたい」

その言葉に、鼓動《こどう》が速くなる。アンドレイさんは手を伸ばし、そっと僕の唇に触れる。

「順番が逆になってしまったが……これからデートをしないか？　そうやってお互《たが》いのことを知り、少しずつでもいいから親しくなっていきたいんだ」

彼の言葉に、僕はなんだか泣いてしまいそうになる。

……ああ、どうしてこんなに幸せな気分になるんだろう……？

◆

「……わあ……」

僕は、目の前に広がる美しい草原の景色に陶然とする。

「……素敵ですね。いかにも英国、という感じです」

アンドレイさんは僕をコッツウォルズに連れてきてくれた。目立つからとリムジンではなくてごく普通《ふつう》のセダンで来たけれど……モデルさんみたいな長身で、しかも並外れたハンサムなアンドレイさんはとっても目立ってる。行き交う観光客達が、次々に彼を振り返る。女性達が揃《そろ》って頬《ほお》を染めているのを見て、やっぱりそうだよね、と思う。

僕は、アンドレイさんが選んでくれた綺麗な水色のシャツと細身のジーンズの上に、淡《あわ》いベージュのカシミアのコートを羽織っている。大学生の僕が着るには贅沢《ぜいたく》すぎる気がするけれど、ふわりと軽いのにとてもあたたかくて、試着したらもう脱《ぬ》ぎたくなくなってしまった。さっき歩きながらお店のウインドウを何気なく見て、驚《おどろ》いてしまった。僕はいつものさえない僕ではなく、とても洗練されて見えたから。馬子にも衣装《いしょう》というのはこのことだろう。もちろん、一分の隙《すき》もなく麗《うるわ》しいアンドレイさんと並んで歩くには、僕はきっとあまりにも平凡《へいぼん》だろうけど。

こんなに素敵で着心地《きごこち》がいいんだから、とても上等でとても高価なもののはずだ。だけど、シェパードさんは「お近づきのしるしですから」と言ってとても安くしてくれた。

……いろいろなことが落ち着いたら、きちんとアルバイトをして、アンドレイさんに代金を返さなくちゃ。

僕らが立っているのは、美しい緑に覆われた小高い丘《おか》だった。見下ろすと、そこには可愛《かわい》らしいライムストーンで作られた小さな村。真ん中をキラキラときらめく小川が貫《つらぬ》き、その両側にはお土産物《みやげもの》の店や、素朴《そぼく》なカフェが並んでいる。クリスマスが近いせいか村のメインストリートは観光客が行きかっているけれど、少し離《はな》れたこの丘には人影《ひとかげ》がない。

「英米文学を専攻《せんこう》しているので、英国の田舎《いなか》の景色にはとても憧《あこが》れがあったんです。さまざまな小説に登場しますから。本当に、綺麗なんですね」

僕はエメラルド色の草原を見渡《みわた》し、そしてあることに気付く。

「アンドレイさん、あそこの囲いの中に、綿ぼこりみたいな白いものがたくさん見えますよ。あれ、なんだろう？」

不思議に思いながら言うと、アンドレイさんは可笑《おか》しそうな顔で、

「あれは羊の群れだ。あまりにも遠くて綿ぼこりにしか見えないけれど」

「ええっ、本当ですか？」

僕は驚いて目を凝《こ》らすけれど……。

「遠すぎて、ホコリにしか見えません。でも、あんなにたくさんの羊が集まっているなんて、やっぱりスケールが違《ちが》いますね。ああ……羊には失礼なことを言ってしまいましたが……」

僕が言うと、アンドレイさんは笑って、

「この距離《きょり》からなら聞こえていないよ。それに私も常々思っていたんだ。遠くから見ると綿ぼこりのようだな、と」

なんだか、楽しそうに言う。

見た目はこんなにクールなハンサムなのに、彼の微笑《ほほえ》みは本当に優しくて、低い声は聞き惚《ほ》れるような美声だ。

「君と気が合ってうれしいよ」

僕を見つめてくるのは、美しい青の瞳《ひとみ》。その目は彼の内面を表すように澄《す》んでいて本当に綺《き》麗《れい》で……。

「……あれ？」

僕はあることに気付いて、思わず声を上げる。

「……不思議です。アンドレイさんって、左右で瞳の色がわずかに違いませんか？　昨日は曇《くも》っていたので気付きませんでしたが、こういう明るい陽光の下で見ると……」

「目の話は、あまり好きではないんだ」

アンドレイさんは言って、ふいに僕から目をそらす。その様子がやけにそっけなく見えて、僕は少し焦《あせ》る。

……なんだろう？　ぶしつけなことを言ってしまっただろうか？

実は、僕が好きなお伽噺《とぎばなし》に出てくる野獣《やじゅう》さんは、左目が青色、右目は金色。そのせいで心を閉ざし、断崖絶壁《だんがいぜっぺき》の上に建つ古城に住んでいるんだ。それに……。

やっぱり、繊細《せんさい》なラインを描《えが》く横顔が、あの時の人によく似てる。

僕は、雪のお城で出会った王子様みたいに麗しいあの青年のことを思い出す。

いつかは彼にまた会えるような気がして、僕は青い目の人を見ると、ついもう片方の瞳の色を確認してしまう。それはもう癖《くせ》みたいなものだろうけど……やられた方は、あまり愉快ではないかもしれない。

……もしかしたら、彼にとっては迷惑《めいわく》だったかもしれないけど。

僕はアンドレイさんを知るたびに、あのお伽噺に出てくる野獣さんを思い出してしまう。もちろんアンドレイさんのルックスは都会的で洗練されていて、野獣という言葉はあまり似合わない。だけど、彼が持つ憂《うれ》いみたいなものが、お伽噺の孤独《こどく》な野獣を連想させる。

……僕はいつの間にか、彼のことをすっかり好きになっているみたい。彼を怒らせたのではないかと思うだけで、こんなに胸が痛む。

「すみません、ぶしつけなことを。顔を覗《のぞ》き込まれたりしたら、やっぱり嫌《いや》ですよね」

僕が言うと、黙《だま》って遠くを見ていた彼がふいに僕に向き直る。

「いや、私が悪いんだ。何も知らない君に、大人げないことを」

彼は僕をまっすぐに見下ろして言う。

「青い瞳は、亡くなった父譲《ゆず》りのものだ。だが、あの祖母達と同じ色でもある。なかなか複雑なんだよ」

彼が言って、もう一度ため息をつく。僕は納得《なっとく》してしまいながら、

「それは、複雑かもしれませんね。……って、僕、また失礼なことを言っていますね」

僕が言うと、彼はかぶりを振《ふ》って、

「いや、あの祖母達の悪口はいくらでも言っていい。君にはその権利がある」

やけに真剣《しんけん》に言われて、僕は思わず笑ってしまう。

「すみません。あなたがあんまり真剣な顔でおっしゃるので、つい」

「悪い子だな。私が真剣に悩《なや》んでいるのに、笑うなんて」

彼は言いながら手を伸《の》ばし、ふいに僕の肩《かた》を抱《だ》き寄せる。

「昼間とはいえ、少し冷えるね。あたたかいものでも飲みに行こうか？」

そのまま引き寄せられ、僕は彼と並んでゆっくりと坂を下る。同行してくれているＳＰ達は丘の下で待機していて、ほかに人影がない。こうしていると、まるで世界に二人きりになってしまったみたい。

……出会ったばかりなのに、どうしてこんなに優しくしてくれるんだろう……？

彼の身体《からだ》はとても逞《たくま》しくて、こうしているとすっぽりと包みこまれるみたい。ふわりと鼻孔《びこう》

をくすぐっているのは、とても芳《かぐわ》しい彼の香《かお》り。僕の鼓動が、どんどん速くなる。

……ああ、そして僕は、どうしてこのまま二人きりでいたいなんて思ってるんだろう？

アンドレイ・ローゼンフェルド

十二月にしてはあたたかな日だったが、風が吹《ふ》いた瞬間《しゅんかん》、彼はわずかに寒そうに肩をすくめた。それに気づいた私は、思わず彼の肩を抱き寄せてしまった。

腕《うで》の中の彼の身体は、思っていたよりもさらに一回り華奢《きゃしゃ》だ。

ふわりと立ち上るのは、バラに似た甘い芳香《ほうこう》。

腕から伝わる彼の体温が、なぜか涙《なみだ》が出そうなほど愛《いと》おしい。

もしも嫌がるようなそぶりを見せたらすぐに手を放そうと思ったのだが、雫はまるで仔猫《こねこ》のように従順に私に身を任せた。私は年甲斐《としがい》もなく鼓動《こどう》が速くなるのを感じながら、彼と並んで丘を下りる。

……ああ、ずっとこうして二人でいられたらいいのに……。

「鳥ですね」

上を見上げて、雫がふいに言う。

「可愛い鳴き声。姉さんは、鳥が大好きなんです」

「英国には日本とは違う自然がある。こちらに来てから、少しは楽しめた？」

私が言うと、彼はくすりと笑ってかぶりを振る。

「いいえ。こんなふうに観光できたのは、今日が初めてです。僕は大学の行き帰りにリムジンから外を見られましたし、たまに講義をさぼって友人と遊ぶことができました。ただ、姉さんを遠くまで連れ出すことはどうしても許されませんでした。姉さんに許されていたのは、わずかな買い物と、図書館だけ。もちろん伯父《おじ》とたくさんのSPが同行していました」

その言葉に、私は愕然《がくぜん》とする。

「それでは、籠《かご》に閉じ込められた鳥のようじゃないか」

思わず言うと、彼は静かな顔で私を見返す。

「姉は部屋の窓から空ばかり見て、『鳥がうらやましい。あんなふうに飛べたら、今すぐ一緒《いっしょ》に日本に帰れるのにね』とよく言っていました。僕の友人の協力で手に入れた携帯電話《けいたいでんわ》と、そこに婚約《こんやく》者から送られてくるメールだけが、姉の心の支えでした」

「支えになっていたのは、君の存在もだろう？」

彼の言葉があまりにも寂《さび》しそうで、私は思わず言う。彼は複雑な顔で、

「もしも僕がいなければ、姉も婚約者ももっと早く逃《に》げられたかもしれません。姉は僕のことばかり心配して、なかなか思い切ることができませんでした」

「だが、君がいなければ、その屋敷《やしき》を抜《ぬ》け出すことすら難しかったのでは？」

「そう……かもしれませんが……」

「一つ聞きたいのだが……本当なら、あのパーティーには、姉上が出席していた？」

「はい」

雫はうなずき、それから苦しげな顔になって、

「ああ……姉は、僕が身代わりになったことは知りません。男の僕でも役に立てるということは、姉を逃がした後で聞いたことなので」

彼は言い、それからふいに遠くを見つめる。

「姉を無事に逃がすことができて、本当によかったです。伯父は、あなた以外に何人もの候補を考えていたみたいだし、あんな男達の誰《だれ》かに姉が連れ去られていたかもしれないと思うと……」

「それを防いだのは君だろう？　怖《こわ》かっただろうに、よく頑張《がんば》ったね」

私が言うと、彼は驚《おどろ》いたように目を見開く。

「ともかく、姉を逃がすためには少しでも時間稼《かせ》ぎをしなきゃって思って……それに、二日前の夜も夢中だったので……」

彼はふいに言葉を途切《とぎ》れさせ、今にも泣きそうな顔で私を見つめる。

「……あなたが連れてきてくれなかったら、僕、今頃《いまごろ》どこにいたか……」

言葉の最後がかすれ、彼はふいに両手で顔を覆《おお》う。

「大丈夫《だいじょうぶ》か？　気分でも悪い？」

彼の様子に、私は慌《あわ》てて彼の顔を覗き込む。

「すまなかった。嫌なことを思い出させてしまったようだ」

彼の肩が微《かす》かに震《ふる》えていることに気づいて、激しい憐憫《れんびん》に心が締《し》め付けられる。私は彼の身体を引き寄せ、何もかも忘れてその身体を抱き寄せる。

「可哀想《かわいそう》に。君も、君の姉上も、何も悪いことなどしていない。なのに、大人達の汚《きたな》い欲望《よくぼう》のために、こんなに恐《おそ》ろしい目に遭《あ》わされている」

私は言いながら、彼の髪《かみ》をそっと撫《な》でてやる。まるで仔猫のようにフワリと柔《やわ》らかな手触《てざわ》りに、さらに悲しくなる。

「シズク。私は、君と君の姉上に幸せになって欲しいと心から思う。私にできることは、なんでもするよ」

「……すみ、ませ……」

腕の中の彼の身体が、細かく震えている。

「……英国に来てから、そんなふうに言ってくれた人は、あなたが初めてで……」

雫は言って、私を見上げてくる。

「ありがとうございます、アンドレイさん。あなたと知り合えて、僕は本当に幸運です」

潤《うる》んだ美しい瞳《ひとみ》、滑《なめ》らかな頬《ほお》を滑《すべ》り落ちる涙。私は彼に見とれ……それから顔を近づけてその涙をキスで吸い取ってやる。

……ああ、私はこの麗《うるわ》しい青年を、すべての危険から守ってやりたい……。

……ああ、彼の前で泣いてしまうなんて、今から思い出しても、本当に恥《は》ずかしい……。

昨夜。あれから僕とアンドレイさんは、ＳＰの人達も一緒にコッツウォルズの村のカフェでお茶を飲んだ。そのままセダンに乗って屋敷に戻《もど》り、夕食をとっているところだ。

アンドレイさんはセダンの中ではやけに無口で、僕は少し寂しくなってしまった。もしかしたら男なのに泣いたりした僕に、あきれているのかもしれない。

「シズク、考えたのだが……」

アンドレイさんがふいに言い、僕は姿勢を正しカトラリーを置く。彼は、

「私はいくつかの個人的な別荘《べっそう》を持っていて、その場所は祖母達はもちろん、ほかの親戚《しんせき》達も知らないんだ。仕事の出張のために使う都市部のマンションが主だったのだが……最近、アルプス山脈を見渡《みわた》せるログハウスと、カリブ海の島に建つコテージを手に入れた」

その言葉に、僕は本気で驚いてしまう。

「なんだか想像を超《こ》えています。お金持ちの人の生活って、本当にすごいんですね」

「それもこれも、祖母達や親戚の目から逃《のが》れるためだ。そのために、かなりの無駄《むだ》な労力を使

った気がするよ」

彼は小さくため息をつき、それから僕の顔をまっすぐに見つめる。

「……とはいえ、アルプスのログハウスも、カリブ海のコテージも、ゆっくりと休暇《きゅうか》を過ごすには理想的な物件だとは思う。どちらも信頼《しんらい》できる別荘番《べっそうばん》の家族が別棟《べつむね》に常駐《じょうちゅう》していて、買い物をはじめとする雑事をこなしてくれる」

僕は美しい山々を見渡せるログハウス、そして紺碧《こんぺき》の海を見渡せるコテージを想像して、思わずうっとりしてしまう。

「そういう素敵な話を聞くと、お金持ちの人がちょっとうらやましくなってしまいます」

「例えば、君ならどちらに行ってみたい？」

優しい声で聞かれて、さっきまでの寂しさが吹き飛んでしまう。僕はドキドキしながら、

「どっちも本当に素敵そうです。アルプスの麓《ふもと》で野生動物をたくさん見てみたい気もするし、熱帯魚も好きなので、カリブ海に潜《もぐ》ってみたい気もするし……」

「それなら、もしも君のお姉さんと婚約者なら？」

「あの二人なら、絶対にアルプス山脈を見渡せるログハウスですね。野生動物だけでなく高山植物も大好きなので。新婚《しんこん》旅行も、山が見えて自然がたくさんあるところに行きたいって、ずっと昔から言っていましたし」

僕は昔の二人を思い出して、思わず笑ってしまう。

「あの二人の出会いは学生の頃《ころ》で、二人とも園芸部だったんです。一緒に花壇《かだん》の花を咲《さ》かせた

り、イチゴを作ったりしたのが、付き合うきっかけだったみたいで……」

僕が言うと、アンドレイさんも楽しそうに微笑《ほほえ》んでくれる。

「なんだか、微笑ましい。似合いの二人なんだね」

「そうなんです。あの二人には本当に幸せになってほしいです」

まだお祖父《じい》様達に見つかってはいないけれど、二人は逃げきれたとはお世辞にも言えない。このままでは、いつか屋敷に連れ戻されてしまうかもしれない。

「だから、なんとかしなくちゃいけないんですが……」

「君のお祖父様の考えた包囲網《ほういもう》は完璧《かんぺき》に近い。公共の乗り物を利用してロンドン市内を出ることは、正直言って無理だと思う。ミルズやミハイロフも同意見だそうだ」

その言葉に、僕は血の気が引くのを感じる。

……プロの人達が言うということは、本当にそうなんだろう。僕は、どうすれば……？

僕は、苦しい気持ちが湧《わ》き上がるのを覚えながら言う。

「ああ……どこかに、抜け道があるといいのですが」

「ミルズによれば、君のお祖父様と伯父様はかなり焦《あせ》っているようだ。君を目の前で私にさらわれたあの男達が、代わりにその姉を差し出せと騒《さわ》いでいるらしい」

「そんな……」

僕は、身体《からだ》からスッと血の気が引くような感覚を覚える。

「一つ、提案があるのだが」

アンドレイさんの言葉に、僕は姿勢を正す。

「……はい」

「信頼できるSPをつけ、君の親戚やうちの祖母達に知られないように車を出す。それにお姉さんと婚約者《こんやく》を乗せ、ロンドン郊外《こうがい》の軍用空港に向かってもらう」

「軍用空港？」

あまりにも突飛《とっぴ》な言葉に、僕は本気で驚いてしまう。

「でも、軍用空港なら、置いてあるのは戦闘機《せんとう》とかですよね？　さすがにそんなものには乗れないかと……」

「軍用基地というのは、別の使われ方もしている場合がある。自家用ジェット機の発着だ」

「自家用ジェット？」

僕の言葉に、アンドレイさんは深くうなずく。

「私は移動の時、軍用空港を利用することが多い。もちろん国交のない国の空港には降りられないが、スイスなら問題ない。自家用ジェットでスイスに向かい、別荘の一番近くにある小さな空港に到着《とうちゃく》する。別荘には信頼できる別荘番がいて大型の車を所有しているので、SPも同乗して別荘まで責任もって送ることができる」

僕は、真っ暗な中に光が差したような気持ちになる。アンドレイさんは、

「ただ……一つだけ条件がある。もしも無理なら言ってほしいのだが」

「なんでも言ってください。姉さんを逃《に》がすためならなんでもします」

「私を信用してほしいんだ。君達は今までにたくさんの悲しい目に遭ってきて、もう他人を信用できないと思っているかもしれない。だが、かなり無理のある計画なので、迷いがあっては成功しないと思う」

彼の言葉に、僕は初めて気付く。あんなにすべてを疑っていたはずの僕が、彼に対してそういう気持ちを一切持てない。それどころか、心から信頼をしてしまってると思う。

……もしも彼に裏切られたら、姉さんもあっという間につかまってしまうだろう。姉さんはどこかに無理やりに嫁《とつ》がされ、小山内さんは二度と姉さんに会うことはできなくなる。だからこの選択《せんたく》は、とんでもなく重要なはず。だけど……。

「僕はあなたを信用しています。出会ったばかりですが、あなたは僕に本当に優しくしてくれましたし、なによりも……」

僕は、なぜか熱くなっている胸に手のひらを当てる。速い鼓動《こどう》が、僕の気持ちを示してくれているみたいだ。

「……僕のここが、あなたは信頼できる人だと言っているんです。だから僕は、あなたを信じます」

アンドレイさんは僕を見つめ、それから決意を固めたような顔で、

「ありがとう。私は、君の信頼に足る人間でありたいと心から思うよ」

真《ま》っ直《す》ぐに見つめてくれる青い瞳が、とても美しい。僕は胸がさらに熱くなるのを感じる。

「お姉さんとその婚約者にも意見を聞いてほしい。二人がもしも反対するようならば、もっと

別の形で助けられないかを考えてみるよ」

僕はうなずき、そしてポケットからスマートフォンを取り出す。そして姉さんが持っているスマートフォンの電話番号を表示させる。本当ならメールにすべきかもしれないけれど、僕は姉さんに直接話をしたかったんだ。

短いコールの後、すぐに姉さんの声が、

『……もしもし？』

不安そうに聞こえるその声に、胸が痛む。だけど同時に、久しぶりに聞けた姉さんの声に、とても安心する。

「姉さん。僕だよ。そっちは大丈夫《だいじょうぶ》？」

『雫！　大丈夫なの？』

メールじゃないことを叱《しか》られるかと思ったけれど、姉さんはそのことには触《ふ》れずに、ものすごく心配そうな声で言う。

『ここのお母さんが、「シズクくんは大丈夫なのかい？」って心配しながら、雑誌を買ってきてくれたの。社交界のゴシップが載《の》っているものよ。そこに、一昨日の夜、ブラッドレイの屋《や》敷《しき》でパーティーがあったって書かれていたわ。それだけじゃなくて、そのパーティーは幸運の星を持つ後継《あとつ》ぎの結婚《けっこん》相手を探すためのものだったって……』

「姉さん、落ち着いて聞いて」

僕の言葉に姉さんは息を呑《の》む。それからしばらくしてから、

『わかったわ。言って』

「お祖父様と伯父《おじ》さんの命令で、僕は姉さんの代わりに結婚相手を探すことになった。僕らは知らなかったけれど、男でも幸運の星は役に立つみたいなんだ。結婚相手は男性に限るみたいなんだけど」

僕が言うと、姉さんがかすかに震《ふる》える声で答える。

『お祖父様と伯父さんは、男のあなたと知らない男性を強制的に結婚させようとしているんじゃないわよね？　まさか、そんなひどいこと……』

「いや、本当にそうなんだ。そして僕は今、お祖父様が決めた相手の家にいる」

僕が言うと、姉さんが悲鳴のような声を上げる。

『いやよ、そんな！　私の代わりに、雫がそんな目に遭《あ》うなんて！』

近くにいたらしい小山内さんが、驚《おどろ》いたように姉さんに何かを尋《たず》ねているのが聞こえる。だけど姉さんはそれを遮《さえぎ》って、

『タクシーを呼ばなきゃ！　私はすぐに屋敷に戻《もど》るわ！　こんなに大切に思っている弟のあなたを、犠牲《ぎせい》にすることなんかできない』

「ダメだ、姉さん！　聞いて！」

僕はできるだけ厳しい声を出して、姉さんに言う。

「そんなことをしたら、お祖父様と伯父さんの思うつぼだ！　あの二人は何人もの結婚相手を用意していたんだよ。今戻ったら、姉さんは別の男のところに強制的に嫁がされる。僕が代わ

りに解放されることは、絶対にないと思う」

『そんな……でも、雫がそんな目に遭うなんて……』

僕は、できるだけ静かな声を心がけながら言う。

「安心して、姉さん。僕はひどいことなんか一つもされてない。彼……アンドレイさんという人なんだけど……は、僕の話をきちんと聞いてくれて、お祖父様や伯父さんに対して怒《おこ》ってくれた。それだけじゃなく、できる限りの協力をしてくれるとも言ってる」

『……でも、その人とは、まだ会ったばかりなんでしょう？』

「そうだよ。それは彼にも言われた。出会ったばかりだから信用してもらえないかもしれないって。でも僕は、彼を信じられる人だと思ってる」

『……雫……』

姉さんはしばらく言葉を切り、それから覚悟《かくご》を決めたような声で言う。

『わかったわ。あなたの判断を信じる』

「ありがとう。姉さん。詳《くわ》しいことが決まったらすぐに連絡《れんらく》をする。それまで、その場を離《はな》れないで。……彼が調べてくれたところによると、お祖父様は屋敷にいたSPだけじゃなく、ほかにもたくさんの人間を雇《やと》って姉さんを捜《さが》してる」

姉さんは大きく息を呑むけれど、アンドレイさんのおかげで希望を感じてくれたのか、落ち着いた声で答えてくれる。

『わかった。あなたからの連絡が来るまで、ここから絶対に出ないわ。小山内くんにも事情を説明しておく。……あなたのお友達をはじめとして、ここの人達みんな親切だから、居心地《いごこち》はとてもいいのよ。だから私達のことは心配しないで』

「それならよかった。……とにかく、あとで連絡するよ。小山内さんにもよろしく」

僕は言って通話を切る。そしてアンドレイさんを振《ふ》り返って、

「姉さんは僕の言葉を信用してくれました。婚約者にも話してくれていると思います」

僕は覚悟を決めながら彼の目を見つめる。

「姉とその婚約者を、僕はどうしても逃がさなくてはいけません。協力をお願いします」

僕が言うと彼は僕を見返して、深くうなずいてくれる。

「わかった。必ず二人を守る。私を信頼《しんらい》してくれた、君のためにも」

……ああ、この声を聴《き》いているだけで、何もかもがうまくいきそうな気がする……。

アンドレイ・ローゼンフェルド

私と雫は、郊外の軍用空港にいた。滑走路《かっそうろ》の上に立ち、ある車の到着を待っている。この国の首長とは親しいし、基地の所長は顔見知りだ。今日の訓練はすでに終わった時間なので、ほかに機影《きえい》はない。

雫が、電話でお姉さんと話をした後。私はミハイロフとミルズを呼び、詳しい作戦を練った。そしてミルズの「ミスター・ブラッドレイは、シズク様の大学のご友人達の住所を調べるようにと秘書に命じています」という報告に、作戦の即時《そくじ》決行を決めた。

雫はすぐに友人とお姉さんに電話をかけ、作戦の詳細《しょうさい》を伝えた。そして私と一緒《いっしょ》に出入りの業者から借りた車に乗り、この空港まで駆《か》けつけてきた。

「本当にありがとう。姉さん達がなんとか見つからずに済んだのは、君と、そして君のご家族のおかげだよ」

滑走路に立った雫が、電話に向かって話している。

「そうだね。お祝いは、姉さん達が無事に逃げ延《に》び《の》てからだね。……もうすぐこっちに到着《とうちゃく》する時間だ。そろそろ切るね。……うん、ご家族によろしく」

雫が言って、通話を切る。それから暗い滑走路の向こうを透《す》かし見て、

「遅《おそ》いですね。トムの家を出てから、もう一時間半です」

とても心配そうな声で言う。

「万が一にも尾行《びこう》が付かないように、かなりの遠回りをしながら来るはずだ。少し時間がかかるのも仕方がないだろう」

そう言った時、暗い道路を一台の車が近づいてくるのが見えた。車体に飲料会社のマークが描《えが》かれた小型のトラックだ。

「違《ちが》った……あれは、出入り業者さんのトラックですね」

身を乗り出した雫が、がっかりしたようにため息をつく。しかしそのトラックが私達が入ってきたのと同じゲートを抜《ぬ》け、そのまま滑走路に滑《すべ》り込んできたのを見て、目を輝《かがや》かせる。

「……こっちに来ました。もしかして……？」

「『サンズ・ボトリング』。私が統括《とうかつ》している会社の一つだ。あの車に乗っているはずだよ」

私が言うと、雫は私を見上げて、

「本当ですか？」

「本当だよ。少し待って」

トラックが私達のすぐそばに停車し、運転席と助手席から、がっしりした制服姿の男が二人降りてくる。一人はミハイロフ、もう一人はミルズだ。彼らは箱型になった荷台へのステップを上り、開錠《かいじょう》した扉《とびら》を大きく開く。

重ねられた毛布の上に座っていた女性が、雫の顔を見て立ち上がる。隣《となり》にいたがっしりした男性も立ち上がり、身軽に荷台から飛び降りる。そして女性に手を貸して、彼女を荷台から降ろしてやる。

「雫!」

彼女は叫《さけ》んで、滑走路を走ってくる。

「姉さん!」

雫も叫んで走り出し、二人はしっかりと抱《だ》き合う。

「無事でよかった、姉さん!」

「あなたのほうこそ大丈夫なの? 伯父さんやお祖父《じい》様に、ひどいことはされなかった?」

彼女は心配そうに雫の身体《からだ》を見回し、それから小さく笑う。

「雫、新しい服ね。すごく似合ってる」

「うん。アンドレイさんが買ってくれたんだ」

雫は言い、私のほうを振り返る。

「アンドレイさん、紹介《しょうかい》します。僕の姉と、婚約《こんやく》者の小山内さんです」

雫のお姉さんは、借りものらしいダブダブの黒いコートを身体に巻き付けていた。さすがに疲《つか》れが見えるが、その美しく整った顔は雫によく似ている。

そして彼女を守るようにそばにつきそっているのは、髪《かみ》を短く刈《か》った体格のいい男性。顔のつくりはいかついが、雫やそのお姉さんに向ける視線はとても優しい。雫が慕《した》っているのもよくわかる、頼《たよ》りになりそうな男性だ。

私は、彼らに歩み寄って礼をする。

「初めまして。アンドレイ・ローゼンフェルドと申します。ローゼンフェルド家の当主で、ローゼンフェルド・グループの総帥《そうすい》でもあります」

私は身分を示すために二人に名刺《めいし》を渡《わた》す。雫のお姉さんが驚いたように、

「ローゼンフェルド・グループ。世事に疎《うと》い私でも、よく知っています。そんな方が、祖父のパーティーに……？」

「パーティーに参加したのは、祖母達の命令と、従兄弟《いとこ》に誘《さそ》われたからです。そこでシズクくんと出会って意気投合しました。そして、部下の協力もあって今回の計画をたてました」

私の言葉に、雫のお姉さんが深くうなずく。

「本当にありがとうございます。会ったばかりの雫のために、いろいろしていただいて。……しかも、私達のために、こんなことまで」

彼女は華奢《きゃしゃ》で儚《はかな》げな雰囲気《ふんいき》だったが、視線はとても強い。そんなところも雫によく似ていると思う。

「いいえ。はっきり言って、私は自分の祖母達、それにあなたがたのお祖父様と伯父《おじ》様のやり方には賛成できません。それもあって、協力させていただきました。それになにより……」

私は、雫を見下ろしながら言う。

「シズクくんは素晴らしい青年で、私は彼のためならなんでもしてあげたいという気持ちにな

っています。彼の安心のためにも、どうか安全な場所に身を隠《かく》していただきたい」

私が言うと、雫のお姉さんと婚約者は、深くうなずく。

「このご恩は、必ず返します」

黙《だま》っていた男性が、強い目をして言う。私は彼に微笑《ほほえ》み、それから少し離れた場所に待機している機長に目を移す。

「そろそろ離陸《りりく》の準備ができたようです。……それから、これを」

私は、後ろに控《ひか》えていた家令に合図をする。家令はフットマンに合図をして、大きなトランクを飛行機のほうに運ばせる。さらにメイドが二人とシェフが一人。二人の旅に同行する予定になっているベテランだ。彼らは別荘《べっそう》を二人のために居心地よく整え、そしてごちそうを用意してくれるはずだ。家令が、

「あちらにいる別荘番と、同行する彼らが、お二人のお世話をさせていただきます。さきほど運ばせたトランクに、お二人のお召《め》し物をご用意させていただきました。何か足りないものがありましたらすぐに準備をしてお送りしますので、なんなりとご連絡《れんらく》を」

メイド達が、雫のお姉さんが持っていたわずかな荷物を受け取る。二人はそのままメイド達に促《うなが》されてタラップに向かう。

「いろいろなことが解決したら、迎《むか》えに行くから！」

雫が、タラップを上る二人に向かって叫ぶ。

「だから、それまで待っていて！」

二人はうなずき、機内に消えていく。雫はそれを見送ってから、私を見上げてくる。

「本当にありがとうございます。あなたと会えて……僕も姉もほんとに幸運でした」

私を見つめるのは、信頼しきった眼差《まなざ》し。

……ああ、彼の信頼を裏切るようなことだけは、絶対にできない……。

「シズク、一つ提案があるのだが」

私の言葉に、彼は驚《おどろ》いた顔をする。

「なんでしょうか？」

「ロンドンの屋敷《やしき》にいては、祖母達のおかげで静かに過ごすことすらできない。私の故郷に行かないか？」

「あなたの故郷……サンクト・プロシアンにですか？」

雫は私を見上げて、目を輝かせる。

「テレビ番組で見たことがあります。本当に美しい国ですよね。一度でいいから行ってみたかったんです。でも、お仕事は、大丈夫《だいじょうぶ》ですか？」

僕の言葉に、彼は複雑な顔でうなずく。

「ローゼンフェルド・グループの本社はサンクト・プロシアンにある。パーティーに出席しろと言われて留まっていたが、実はロンドンでするべき仕事は完了しているんだ。だから目的はもう果たしたことになる」

私は彼を見つめ、祈《いの》るような気持ちで言う。

「自家用ジェットが戻《もど》るまで時間がかかる。決行は明日の朝早くかな。大丈夫？」

「はい。とても楽しみです」

雫は言って、深くうなずいてくれる。

祖母が雫に言った、「あんたのような子がお姫《ひめ》様のように幸せになるなんて、絶対に許さないよ」という言葉が、耳の奥に蘇《よみがえ》る。

……なぜだろう、とても嫌《いや》な予感がする。だが……。

信頼《しんらい》しきった目の雫を見返すだけで、なにもかもがうまく運びそうな気がする。

……きっと大丈夫だ。私は絶対に、雫を守りきる。

◆

雫のお姉さんと婚約者を逃亡《とうぼう》させた、次の朝。食事を終えてすぐ、私と雫は荷物をまとめた。そして昨夜と同じ空港に向かい、自家用ジェットに乗ってサンクト・プロシアンに到着《とうちゃく》した。同行したのは家令とグラン・シェフ、それにグラン・パティシエだ。私はプロジェクトに合わせて世界中を飛び回る生活をしているので、家令や使用人達も移動に慣れている。数日後にはほかの使用人達も全員到着するだろう。

空港から、郊外《こうがい》にあるローゼンフェルド城まではリムジンで一時間ほど。山をバックにそびえたつ城を見て、雫は夢見るような顔になった。

「……あれが、あなたのお城ですか……」

彼はうっとりと言う。

「なんて綺麗《きれい》なんだろう？　本当にあなたは、お伽噺《とぎばなし》から出てきたような人なんですね」

車寄せでリムジンを降りた私と雫は、雪で覆《おお》われた城の周囲を散歩し、深い針葉樹の森に足を踏《ふ》み入れる。

「……わあ、ベリーがたくさん！　こんな季節にもあるんですね！」

雫は足元を見ながら、嬉《うれ》しそうに言う。雪に覆われた低木の間からは、宝石のように色とりどりのベリーが顔をのぞかせている。

「あとで摘《つ》みに来ます。グラン・パティシエに、またベリーパイを作ってもらわなくちゃ」

雫は楽しそうに言い、それから周囲をゆっくりと見渡す。

「実は僕、とても小さな頃《ころ》に、一度だけここに来たことがあるみたいなんです。なんだか夢みたいだと思っていたけれど、やっぱり夢じゃなかったんだな」

彼は楽しげに雪に足跡《あしあと》をつけながら、ゆっくりと歩く。

「僕、ここで王子様みたいな人に出会ったんです。あの頃は魔法《まほう》で野獣《やじゅう》に姿をかえられた王子様の童話がすごく好きだったから、その時の彼のこと、心の中でずっと野獣さんって呼んでいたんですけど……」

彼はふいに振《ふ》り向《む》いて、私の顔を見上げてくる。

「あなたは、とても優しくて、とても麗《うるわ》しかった……あの時の野獣さんによく似ています」

彼は、少し寂《さび》しそうな顔になって、

「でも、あの時の人は、童話の中の野獣さんと、同じ色の瞳《ひとみ》をしていたんです」

「同じ色の瞳?」

私が聞くと、彼はうなずいて、

「左目はサファイヤみたいに鮮《あざ》やかな青、右目は美しい金色です」

澄《す》み切った瞳で見上げられて、私はもう隠すことなどできなくなる。

「実は私も、この場所で小さな少年に出会ったことがある」

私の言葉に、彼は驚いたように目を見開く。

「……え……?」

「白い毛皮のコートを着て、雪のウサギをたくさん作っていた。その子は私に、『綺麗な金色の目をした、優しい野獣さん。あなたはきっと、世界で一番幸せになる』と言ってくれた。宿敵である二つの一族の間に生まれ、ずっと虐《しいた》げられてきた私は……その言葉にどんなに救われたかわからない」

「そうです。僕、そう言いました。だって野獣さんがすごく孤独《こどく》に見えて、だから彼に幸せになって欲しいって……」

「その魔法はよく効いたよ」

私は右目に手を当て、コンタクトレンズを外す。

「私は今、世界一幸せだから」

「……あ……」

私の瞳を見つめた雫が、かすれた声で言う。

「……金色の瞳……」

雫は私を見上げたまま、ふわりと目を潤《うる》ませる。

「……やっぱり、あなたが野獣さんだったんですね……」

「君は、もう覚えていないかと思った。私は変わってしまったし」

言うと、彼はかぶりを振って、

「ずっと覚えていました。そして、ずっと会いたいと思っていたんです。でも……」

彼はとても不思議そうな顔をして、私の両方の瞳を交互《こうご》に見つめてくる。

「どうしていつも隠しているんですか？　こんなに綺麗な瞳なのに……」

「私の両親はとても愛し合っていたが、結婚《けっこん》を許されなかった。なぜなら、敵同士の家に生まれてしまったから」

私が言うと、彼は驚いたように目を見開く。

「左の青い目は父譲《ゆず》り、右の金色の目は母譲りなんだ。だが、私を育てた祖母達は、母の一族、そして母自身を忌《い》み嫌《きら》っていた。母の目の色を受け継《つ》いだ私は、小さい頃から忌まわしいと言われ、右目をコンタクトで隠《かく》すようにと命じられていた」

……この話を誰《だれ》かにするのは、そういえば初めてだ。ただの憂鬱《ゆううつ》な話だし、誰かに話したからといって私のひねくれた性格が今さら変わるわけでもない。だが……私。

私は話しながら、思う。

……雫には、すべてを知ってもらいたい。

「それで……あの時も目を隠すようにしていたんですね」

雫が呆然《ぼうぜん》とした声で言う。それから、

「でも僕、あなたの目がとても好きです。あのお話の野獣さんみたいで、とても素敵だと思っていました。美しいだけでなく、優しくて、見つめられるだけでドキドキして……」

彼は私を見上げて、真摯《しんし》な声で言う。

「これからは、僕の前ではありのままのあなたでいてください。僕、あなたが好きです。あなたのすべてを知って……そして、もっと理解していきたいんです」

彼の言葉が、私の胸を熱くする。

「私も君が好きだ。君には私のすべてを知ってもらいたいし、君のすべてを知りたい」

私は彼を引き寄せ、そっと唇《くちびる》を奪《うば》う。

「……ん……」

二人のキスが深くなり、彼の声が甘くなる。

コンタクトレンズは、いつの間にか指から落ちて、雪の中に消えてしまった。だが、私は気にしなかった。そのままの私を受け入れてくれる雫を見つけた今、自分を隠すものなど、もう必要ないからだ。

「ミルズからメールが来ている。君のお祖父様《じい》や伯父様《おじ》は、君のお姉さんが出国したことには気付いていないようだ。明日も駅や空港を厳重に見張るようにと言われているらしい」

アンドレイさんが、スマートフォンの画面を見ながら言う。僕は不思議なほどホッとしてしまいながら、

「小山内さんからも、メールが来ました。『とても快適な旅だ。機内食が美味《おい》しかったよ。お姉さんのことは任せてくれ。本当にいろいろありがとう』とのことです」

ここは彼の部屋の専用リビング。サイドテーブルに置かれたスタンドだけが点《とも》り、部屋は居《い》心地《ごこち》のいい暗さに包まれている。

軍用空港で姉さん達を見送った後。僕は寝室《しんしつ》。アンドレイさんは客間でそれぞれゆっくりとお風呂《ふろ》に入った。「風呂上がりくらいのんびりしてくれていい。バスローブのまま出てきても気にしないよ」という彼の言葉に従って、くつろいだバスローブ姿でソファに座っている。アンドレイさんも逞《たくま》しい身体《からだ》をバスローブに包み、ソファの向かい側に座っている。

「本当にありがとうございます。何もかも、あなたのおかげです」

「私は本当にたいしたことはしていない。君達の話を聞いて、どうしても放っておけなくなってしまっただけだ」

アンドレイさんは手を伸《の》ばし、ローテーブルからペリエの瓶《びん》を持ち上げる。

「少し気が早いかもしれないが、乾杯《かんぱい》をしよう。お姉さんとオサナイさんの幸せに」

その言葉に、僕は胸を熱くしながらペリエの瓶を持ち上げる。

「ありがとうございます。姉さんと小山内さんの幸せに」

僕が言うと、彼はうなずき、ペリエを飲む。そらされた男らしい喉《のど》に、僕は思わず見とれてしまう。

……ああ、アンドレイさんは、どうしてこう、一挙一動がセクシーなんだろう？

姉さんを送り出して安心したのか、今夜の僕はなぜかアンドレイさんから目が離《はな》せなくなってしまっている。

……しかも、困り果て、疲《つか》れ果てていた僕と姉さん達を颯爽《さっそう》と助けてくれたアンドレイさんは、僕にとっては本物の王子様みたいな存在になってしまっていて……。

僕はペリエを飲みながら、鼓動《こどう》が速くなるのを感じていた。

……でも、そばにいるだけでこんなにドキドキするなんて……。

「どんなにお礼を言っても足りないくらいです。あなたは、僕にとって本当に幸運の王子様みたいな存在です」

僕が言うと、彼は少し驚《おどろ》いた顔をし、それからやけに優しく微笑《ほほえ》んでくれる。

「それは光栄だ。その言葉だけで、もうじゅうぶんにお礼をもらった」

それから彼はサイドテーブルの時計を確認して、

「そろそろ到着《とうちゃく》した頃《ころ》じゃないかな？　メールは来ていない？」

彼の言葉に、僕はサイドテーブルにあったスマートフォンを手に取る。画面を操作して、姉さんからのメールを確認する。

「ええと……『さっき、無事にログハウスに到着しました。ここは星がとても綺麗《きれい》で、フクロウの声がするわ。ログハウスはもったいないほど贅沢《ぜいたく》で、本当に素敵。また明日、メールをするわね。恩人であるアンドレイさんに、くれぐれもよろしく』……だそうです」

僕は思わず微笑んでしまいながら言い……姉さんのメールにある『恩人』という言葉にドキリとする。だって僕は、恩人のはずのアンドレイさんと……。

「……昨夜の同じ時間、何をしていたか覚えている？」

アンドレイさんの言葉に、僕は恥《は》ずかしくて顔を上げられなくなる。

「……はい。ええと……昨夜のこと……」

「忘れてほしい？」

彼の言葉に、僕は驚いて顔を上げる。

「もしも君が嫌《いや》だったのなら、忘れることにする。そうでなければ、忘れない」

彼は、澄《す》んだ瞳《ひとみ》で僕を見つめながら言う。

「私は、君のことがどうしようもなく好きになってしまった。できることなら、もっと親しくなりたい。だから、あのことは後悔《こうかい》していない。……君は？」

真剣《しんけん》な顔で見つめられて、ごまかしたり嘘《うそ》をついたりすることができなくなる。

「……僕は……」

僕は心臓が壊《こわ》れそうなほど鼓動が速いのを感じながら、正直に告白する。

「……僕も……あなたと、もっと親しくなりたい……あっ！」

僕の言葉が終わらないうちに、僕の身体が彼の腕《うで》にさらわれる。気付いたら、僕は彼の胸の中にいた。

「好きだ、シズク」

僕の髪《かみ》に頰《ほお》を埋《うず》め、彼が囁《ささや》く。

「君を思うと、どうしようもなく胸が痛くなる。絶対に、ほかの男になど渡《わた》したくない」

いつもとろけそうに優しい彼の声が、今はどこか獰猛《どうもう》な響《ひび》きを含《ふく》んでる。そして、僕の身体をさらに熱くしてしまう。

「僕も……」

僕は、彼のあたたかい胸に額を押し付けながら囁く。

「……ほかの誰かのものになんか、なりたくありません」

「シズク」

彼の指が、僕の顎《あご》をそっと持ち上げる。

「大切にする。寂《さび》しい思いやつらい思いは、もうさせない」

彼の言葉が、僕の胸に深く沁《し》みてくる。

「……アンドレイさん……僕も、もっとあなたのことが知りたいです」

「それなら、今夜……あの夜の続きを教えたい。もしも、君が嫌でなければ」

その言葉に、身体が一気に熱を持つ。僕はなんだか泣きそうな気持ちになりながら、

「嫌じゃありません。僕はあなたに……」

言いかけた時、彼のポケットの中でスマートフォンが振動《しんどう》した。彼は驚いたように目を見開き、それからため息をつく。

「なんてタイミングだ。少しだけ待っていてくれ。今、電源を切るから……」

彼は言いながら液晶《えきしょう》画面を見下ろし……それからとても驚いた顔になる。

「どうしたんですか？　急用なら……」

「……待っていた朗報が届いた。これも君のおかげかな？」

彼は僕を引き寄せ、僕の額にチュッとキスをする。

「少しだけ出かけてくる。一時間ほどで戻《もど》るので、ベッドで待っていてくれ」

◆

「……ああ……ドキドキする……」

ベッドに座った僕は、胸を押さえて深呼吸をする。

シャワーを浴びた僕は、パジャマに着替《きが》えて彼のベッドにいた。時計を見ると、彼が出かけてからまだ四十分。ちょっと気が早すぎたかもしれない。

……今夜、彼は僕のすべてを自分のものにしてくれるんだ……。

思っただけで、幸せすぎて泣いてしまいそうになる。

……ああ、僕に、こんな日が来るなんて……。

そう思った時、ベッドサイドの電話がいきなり着信音を奏で、僕は驚いてしまう。

「これは……家令さんにつながる内線電話だよね？　アンドレイさんに何か用事かも？」

僕は少し迷ってから、受話器を取る。

「シズクです」

『シズク様、ミハイルです』

電話の向こうから聞こえたのは、やはり家令のミハイルさんの声だった。だけどいつも朗らかな彼の声とは少し違《ちが》うような……？

「ミハイルさん。あの、アンドレイさんは外出中ですが」

『いえ。シズク様に、お電話が入っているのですが……』

「え？」

……姉さんにも、「アンドレイさんの故郷に行く」としか言っていない。だから僕がこのお城にいることを知っているのは……？

『ヘイワード・ブラッドレイ様からでございます』

ミハイルさんの言葉に、全身から血の気が引く。

……お祖父様《じい》だ……。どうして、僕がここにいることが……？

僕は屋敷《やしき》を出る時に見た、アンドレイさんのお祖母様《ばあ》達の様子を思い出す。

……あの二人から聞いたんだ、きっと……？

『おつなぎしてもよろしいですか？　もしもお話しするのが難しいようでしたら……』

伯父《おじ》さんの屋敷で僕と姉さんがどんな暮らしをしていたのか、きっとミハイルさんはアンドレイさんから聞いているんだろう。そのせいか、ミハイルさんの声はすごく苦しげだ。

……本当は、僕もお祖父様の声なんかもう聞きたくない。でも……。

僕はあることに思い当たって、血の気が引くのを感じる。

……万が一、姉さんたちの隠れ場所《かくればしょ》がバレてしまっていたとしたら？

「大丈夫《だいじょうぶ》です、つないでください」

僕は言い、ミハイルさんはまだ心配そうな声で「少しお待ちください」と言う。

僕は受話器を握《にぎ》り締《し》めたまま、なんとか呼吸を整えようとする。

……きっとなんでもない。お祖父様は僕がどこにいるのかを確認するために電話してきただけだ、きっと……。

必死で自分に言い聞かせるけれど、鼓動は不吉《ふきつ》に速くなり……。

『シズクかい？』

受話口から聞こえてきた声に、身体《からだ》が勝手に硬直《こうちょく》する。

『マダム・ゾフィー・ローゼンフェルドとマダム・ズザンナ・ローゼンフェルドから、おまえがその城に行ったとお聞きしたんだ。元気にしているかな？』

いかにも孫を心配する祖父、という雰囲気《ふんいき》の優しげな声。だけど僕はどうしても緊張《きんちょう》を解けないままで答える。

「はい、元気です。ありがとうございます。あの……」

僕は祈《いの》るような気持ちで聞く。

「あれから……姉さんは、見つかりましたか？」

お祖父様は一瞬黙《いっしゅんだま》り、それから深いため息をつく。さも同情しているという声で、

『おまえをおいて逃《に》げた姉さんを、恨《うら》んでいるんだね？　おまえがローゼンフェルド一族の当主の相手をすることになったのは、姉さんのせいだからね。彼は見た目だけはいいが、実業界では野獣《やじゅう》と呼ばれている非情な男だ。相手をするのはつらかっただろう？』

彼は優しい人だ、と叫《さけ》びそうになるけれど、それを我慢《がまん》するために唇《くちびる》を嚙《か》む。アンドレイさんと必要以上に親しくなっていると知られたら、共謀《きょうぼう》して姉さんを逃がしたのではないかと疑われることになりかねないからだ。

『おまえが乱暴に扱《あつか》われていないか、心配していたんだよ。元気そうでよかった。それに役目も無事に果たしたようだね。よく我慢した、シズク』

お祖父様の言葉に、僕は必死で涙《なみだ》をこらえる。

……僕にとって、アンドレイさんとのあの甘い夜は、とても大切な思い出だ。なのにそれをこんなふうに……。

『残念ながら、おまえの姉さんはまだ見つかっていないんだ』

お祖父様の言葉に、僕は座り込みそうなほど安堵《あんど》する。姉さんとはもちろん頻繁《ひんぱん》に連絡《れんらく》を取り合っていて無事なことは解《わか》っていたけれど、お祖父様と伯父さんの性格を考えれば、まだまだ安心できない。隙《すき》を見せたら、ほんの一瞬《いっしゅん》で状況《じょうきょう》を覆《くつがえ》されそうだ。

『だから、おまえにはもう少し我慢をしてもらわないとね』

「僕はこの城で、きちんと役目を果たします。ご安心ください」

僕は、できるだけ感情を出さないように気をつけながら言う。アンドレイさんとずっと一緒《いっしょ》に暮らせるなら、僕にとってこんな幸せなことはなくて……。

『いいや、それはもう大丈夫なんだよ』

聞こえてきたその言葉に、僕は耳を疑う。

「……え……？」

『私と伯父さんが、今どこにいるか知りたいかい？』

お祖父様はゲームでもしているかのような、楽しげな声で言う。

『知りたかったら、窓の外を覗《のぞ》いてごらん』

全身から、ゆっくりと血の気が引いていく。僕は身体が細かく震《ふる》えだすのを感じながら窓に近寄り、そして下を見下ろしてみる。

「……っ！」

僕がいる部屋からは、広い庭と城壁《じょうへき》に作られた大きな門、さらに丘《おか》の下まで続く道路が見渡《みわた》せた。目を凝《こ》らすと、城門から少し離《はな》れた暗がりに車らしき影《かげ》がある。

『リムジンが見えるかい？　私と伯父さんは、おまえがいる城のすぐそばにいるんだ』

お祖父様は伯父さんのように怒《いか》り狂《くる》ったりはしないけれど、その分得体の知れない不思議な怖《こわ》さがある。僕は背筋が寒くなるような感覚を覚えながら、

「どうして、わざわざ……」

『実はおまえに、深刻な話があるんだ。だからわざわざ飛行機に乗って、こんな国まで出向いてきたんだよ。ミスター・ローゼンフェルドにも関係することなので、できるだけ急いだほうがいいと思うのだが……』

その言葉に、全身から血の気が引く。

「……アンドレイさんに関係すること……？」

『ああ、だが電話ではとても話せない。ともかく外に出てきなさい。……ミスター・ローゼンフェルドを不幸にしたくないなら、言うことを聞くんだね』

不吉な言葉を残して、唐突《とうとつ》に電話が切れる。

……『幸運の星』には、もっと別の秘密もある？　そしてこのままでは、僕はアンドレイさんを不幸にしてしまう、とか……？

僕は電話を切り、慌《あわ》てて着替えて部屋を飛び出したんだ。

深夜に近い時間のせいか、廊下《ろうか》に使用人の姿はなかった。僕は階段を駆《か》け下りてエントランスホールを突《つ》っ切り、そのままエントランスから庭に走り出る。

「シズク様、どうかなさいましたか？」

車道を走って城門にたどり着いた僕は、驚《おどろ》いた顔の門番に止められる。門の周辺にはたくさんの警備員がいるから、きっとお祖父様達は入ってくることができなかったんだろう。本当なら僕も、厳重に守られたこの美しい城から出たくなんかない。でも……。

……アンドレイさんに、何か起きるとしたら大変だ。もう会いたくはないけれど、彼のためにもお祖父様達から話を聞かなくちゃ……。

「お祖父様と伯父さんが、門のそばまでいらしているんです。夜遅《おそ》いのですぐにお帰りになるようですが、少しだけご挨拶《あいさつ》をしたいと思います。門を開けてくれませんか？」

僕が言うと門番は「かしこまりました」と言い、トランシーバーを使って何かを指示する。そびえたつ門が、僕の前でゆっくりと開いた。僕は警備員さん達にお礼を言い、そのまま門から走り出る。門から少し離れた場所、さっき影が見えた車のほうに向かう。

月明かりに目が慣れると、そこには数台の大きな車が停《と》まっていた。一台はいかにもお祖父様が好きそうなシルバーのリムジン。もう一台はやけに派手な栗色《くりいろ》のリムジン。さらに暗がりにはSP達が乗っているらしい黒いセダンが二台停められている。

運転手が銀色のリムジンから降りてきて、ドアを開く。そこから降りてきたのは、お祖父様と、伯父さんだった。僕は一瞬《いっしゅん》逃げたくなるけれど、そんなことはできなくて……。

「アンドレイさんが不幸になるかもしれないというのは、どういうことですか？」

僕は必死で怖さをこらえながら聞くけれど……つかつかと近寄ってきた伯父さんに、強い力で腕《うで》を掴《つか》まれて思わず青ざめる。

「そう言えばおまえが出てくると思っただけだ。もう、ミスター・ローゼンフェルドの話はじゅうぶんだろう」

伯父さんは苛立《いらだ》ったように言って、お祖父様を振《ふ》り返る。彼は仕方なさそうに苦笑して、

「嘘《うそ》をついてすまなかったねえ。……私はローゼンフェルド家ならじゅうぶんかと思ったのだが、おまえの伯父は満足していない。それに、マダム・ゾフィーとマダム・ズザンナが、これ以上は報酬《ほうしゅう》を払《はら》えないと言ってきたんだ」

「……報酬……？」

その言葉に僕は愕然《がくぜん》とする。お祖父様はため息をついて、

「あの二人は、『言い値を払うから自分の孫であるアンドレイを花婿《はなむこ》候補に加えてくれ』と言ってきたんだ。だから私も便宜《べんぎ》を図ったのだが……支払《しはら》いの途中《とちゅう》で打ち切りを申し出てきた。おまえのせいでミスター・ローゼンフェルドが冷たくなった、このままでは援助《えんじょ》を打ち切られて生活が苦しくなるかもしれない、だそうだよ。おまえの存在はアンドレイ氏にいい影響《えいきょう》を与《あた》えない、とたいそうご立腹だった」

最後に見た、あの二人の様子をはっきりと思い出す。「あんたのような子がお姫《ひめ》様のように幸せになるなんて、絶対に許さないよ」という言葉も。

「さて。このまま、空港に向かうよ。そのままアラビア半島に向かって出発だ」

伯父《おじ》さんが、楽しげな口調で言う。

「その次は香港《ホンコン》、その次はインドネシア。優しくて紳士《しんし》的な方々ばかりだし、おまえを可愛《かわい》がってくれるだろう。とても楽しくて贅沢《ぜいたく》な旅になるはずだから、楽しみにしていなさい」

僕は鼓動《こどう》が不吉に速くなるのを感じながら、かすれた声で聞く。

「それは……一族の利益のために、僕をいろいろな人に売るということですか？　僕はそこで、幸運を呼ぶための道具にされるんですか？」

「シズク、おまえは何か誤解をしているようだ。おまえは可愛い孫だよ。道具だなんて思っているわけがないじゃないか」

お祖父《じい》様が、イタズラをした子供を優しくたしなめるような口調で言う。

「おまえは『幸運の星』を持って生まれた特別な子だ。神様から与えられたその力を、誇《ほこ》り高いブラッドレイ一族のために役立てなくてはいけない。これはとても名誉《めいよ》な役目なんだよ」

……アンドレイさんから引き離される。そして、別の男達の許に送られる……？

足元から、世界がゆっくりと崩《くず》れていくような気がする。

「……嫌《いや》だ……」

僕の唇から、拒絶《きょぜつ》の言葉が知らずに漏《も》れる。

「……そんなの、絶対に嫌です……」

アンドレイさんの優しい声を鮮《あざ》やかに思い出す。彼はあの夜、僕を優しく愛撫《あいぶ》してくれただけ。身体《からだ》を最後まで奪《うば》ったわけじゃない。だけど……。

……僕の心はもう、彼だけのものだ。だから、ほかの誰《だれ》かに初めてのセックスを奪われるなんて、絶対に嫌だ……。

「……こんなことは、もうやめてください。僕はもう、ほかの誰かの花嫁《はなよめ》になんか絶対になりません。だって……」

視界がフワリと曇《くも》り、涙が一筋、頬《ほお》を滑《すべ》り落ちる。

「……僕にとって、アンドレイさんだけが、特別な人なんです」

必死に搾《しぼ》り出した言葉。だけどお祖父様は、仕方がないなあという顔で苦笑するだけ。

「おまえはまだまだ初心《うぶ》だからねえ。初めて覚えたセックスにのぼせ上がって、ミスター・ローゼンフェルドが特別だと自己暗示をかけてしまったんだ。単なる思い込みだよ」

お祖父様は、いかにも人のよさそうな笑みを浮《う》かべて、僕に言う。

「だから、次の人に抱《だ》かれれば、すぐにその人を好きになる」

血の繋《つな》がった彼らにそんなにひどいことができるわけがない、今まで、心のどこかでそう信じたかったのだと思う。でも……。

……お祖父様も伯父さんも、僕のことを、使い捨てのできるただの『幸運を呼ぶ道具』としか思っていない……。

「ですから、ミスター・ラキーフ、どうぞご心配なく」

お祖父様は言いながら、近くに停まっていた派手な栗色のリムジンを振り返る。いつの間にかそのリムジンのドアが開かれていて、そこから恰幅《かっぷく》のいい人影《ひとかげ》が姿を現す。アラビア風の衣装を着た五十がらみの男で、粘《ねば》つくような視線で僕の全身を眺《なが》め回す。その男の顔には、たしかに見覚えがあって……。

彼が誰かに気づいた僕は、激しい眩暈《めまい》を覚える。

……あのパーティーの時、伯父さんと話していた男のうちの一人だ……。

「ミスター・ラキーフ、お約束どおり、シズクをお預けするのは三日間です。その後は、次の予約者のところに行ってもらわなくてはいけません。予約者は増えるばかりですしね」

伯父さんの言葉に、僕の目の前が真っ暗になる。

……伯父さんは、『幸運の星』を欲しがる男全員に、僕を差し出す気なんだ……。

「短い時間ですが、きちんと可愛がってやってください」

「もちろんですよ」

男は僕に真《ま》っ直《す》ぐに近づいてきて、涎《よだれ》を垂らさんばかりの顔で僕を眺め回す。

「おお……近くで見ると本当に美しいねえ。しかも、怯《おび》えた顔がとても色っぽい」

彼がいきなり手を伸《の》ばし、僕の顎《あご》を強い力で摑んで無理やり持ち上げる。

「……放してください……！」

僕は必死で言うけれど、声が震《ふる》えてしまう。

「……僕は道具ではなく人間です！　愛していない人間に抱かれることなんか、絶対にできません……！」

「怯えなくても大丈夫《だいじょうぶ》だよ。私は男の子を躾《しつ》けるのは得意なんだ。それに私は本物のアラブの王様だよ？　私のものになれることを、光栄だと思ってもらいたいな」

彼は言い、脂《あぶら》ぎった顔を近づけてくる。キスをされそうになって、僕は嫌悪《けんお》に震えながら必死で顔をそむける。そして、遠くから車が近づいてくることに気づいた。外灯に照らされ、坂を上ってくるのは、見覚えのある美しい濃紺《のうこん》のリムジン。

……アンドレイさんだ！　きっと彼が帰ってきたんだ！

僕は彼の手を振り解き、踵《きびす》を返して道路を走りだす。リムジンはまだとても遠くにいたけれど、僕は必死で叫《さけ》ぶ。

「アンドレイさん！　助けてください！　アンドレイさん！」

「逃《に》げるんじゃない！　捕《つか》まえろ！」

男が慌てたように叫び、駆け寄ってきた屈強《くっきょう》な男達が僕の身体を拘束《こうそく》する。僕は必死で暴れるけれど、屈強な彼らから逃げられるわけもない。そのまま後ろ手に縛《しば》られ、猿轡《さるぐつわ》を噛《か》まされて、僕は男のリムジンに乗せられてしまう。

「んん、んんーっ！」

必死でもがき、ドアから逃げようとするけれど、男が隣《となり》に滑り込んできて逃げることができなくなる。男は窓を開き、上機嫌《じょうきげん》でお祖父様と伯父さんに向かって言う。

「彼はこのまま預かりますよ。報酬の件は、また後日」

伯父さんはにっこり笑って答える。

「お手柔《てやわ》らかに頼《たの》みますよ、ミスター・ラキーフ。シズクはまだまだ純情なので」

「まあ、彼の態度次第でしょうねえ。壊《こわ》さない程度でお返ししますよ」

男は言ってスイッチを操作し、車の窓を閉めてしまう。外灯の明かりがとても暗くなったのは、これが外側から中が見えないミラーガラスになっているからだろう。

城に続く坂を、アンドレイさんの濃紺のリムジンが上ってくる。僕は必死で呻《うめ》きながら暴れるけれど、彼に届くわけがない。

「車を出せ」

男が楽しそうに言い、リムジンがゆっくりと走りだす。

……ああ……僕はこのままさらわれて、道具のように扱《あつか》われるのか……？

僕の目から、涙《なみだ》が溢《あふ》れた。

……アンドレイさんに、もう二度と会えなくなるなんて……。

思った時、リムジンが耳障りなブレーキ音を立てていきなり乱暴に停車した。

「どうしたんだ？　さっさとやれ！」

男がヒステリックに叫ぶけれど……すぐ目の前に、あの濃紺のリムジンが斜《なな》めに駐車《ちゅうしゃ》して行く手を阻《はば》んでいた。

「ラキーフ様、これでは進めません。リムジンですからどんなVIPが乗っているか……」

運転手が気弱に言い、ラキーフが舌打ちをして車のドアを開けて外に出る。

「そこをどけ！　私を誰だと思っている……」

叫んだラキーフの民族衣装の襟首《えりくび》が、誰かの手で掴《つか》まれるのが見えた。ラキーフは情けない悲鳴を上げて道路に転がる。僕は必死で身体を起こして、開いたままのドアから外を見る。月明かりの中に見えたのは……アンドレィさんの凛々《りり》しい姿だった。

「んんーっ！」

僕は猿轡を噛まされたまま、必死で呻く。

「シズク！」

アンドレィさんが言いながら、僕に手を貸しリムジンから降ろしてくれる。

「大丈夫か？　なんてひどいことを……！」

縛られた両手を解いてくれながら、アンドレィさんが言う。道路に座り込んでいたラキーフが慌《あわ》てて立ち上がり、アンドレィさんの顔を見る。驚《おどろ》いた顔になって、

「おまえ……アンドレイ・ローゼンフェルドだな？　おまえはもうじゅうぶんに幸運を受け取っただろう？　次は私の番だ！」

ラキーフが叫び、アンドレィさんが彼を振《ふ》り返る。

「シズクを……幸運を呼ぶ道具のように扱おうと言うのか？」

「当然だ！　そいつは、快楽と幸運を同時に与《あた》えてくれる便利な道具だ！　道具を道具として扱って何が悪いんだ？　私は莫大《ばくだい》な報酬《ほうしゅう》をブラッドレイ家に払《はら》っているし……」

その言葉に、アンドレィさんの顔から表情が消える。その一瞬《いっしゅん》後……。

「ぐわっ！」

アンドレイさんが振り返りざま、ラキーフを殴《なぐ》り倒《たお》した。ラキーフは情けない声を上げて道路に倒れ、そのまま動かなくなる。駆《か》け寄ってきていたSP達ですら手が出せないほどの素早さだった。

「シズク、大丈夫か？」

彼が僕の猿轡を外してくれながら、心配そうな声で言う。僕はうなずいて、

「大丈夫です。あなたのおかげで、助かりました」

彼を見上げて、告白する。サファイヤ色の左目、そして黄金色の右目。どちらもとても優しくて、僕は思わず彼に抱きつく。

「大好きです。あなたはやっぱり、僕の強くて優しい野獣《やじゅう》さんで……」

「ミスター・ローゼンフェルド！　これはどういうことですか？」

いつの間にか近づいてきていた銀色のリムジンから、お祖父《じい》様と伯父さんが降りてくる。伯父さんは気絶したラキーフ氏に駆け寄り、愕然《がくぜん》とした顔をする。お祖父様は珍《めずら》しく怒《いか》りを露《あら》わにした顔で、アンドレイさんを睨《にら》みつける。

「あなたの順番は終わったのですよ。欲張《よくば》るのもいいかげんに……」

「欲張りはどっちだろうね、お父様？」

暗がりから、いきなり澄《す》んだ声が響《ひび》いた。聞き覚えのない声に、僕は慌てて周囲を見回す。どうやらその声は、ドアが開いたままになっていたアンドレイさんのリムジンから聞こえたみたいだ。

最初にリムジンから降り立ったのは、仕立てのいいコートを着た長身の男性。黒い髪《かみ》と黒い瞳《ひとみ》の彫刻《ちょうこく》のようなハンサム。とても落ち着いた雰囲気《ふんいき》の人で、年齢《ねんれい》は三十代後半という感じ。

さっきの声はもっと若かったから、声を出したのは彼ではないだろう。

リムジンから降りた彼は振り返り、中にいる誰《だれ》かに向かって手を差し伸べる。

彼の大きな手の上に、ほっそりとした美しい手が載《の》せられる。

呆然《ぼうぜん》と見とれてしまっている間に、一人の男性が車内から出てきた。年齢は二十代後半くらい、彼が姿を現しただけで、周囲に金色の光が溢れたように見える。

スタイリッシュな純白のコートに包まれたしなやかな身体《からだ》。白いタートルネックのセーターと柔《やわ》らかいヴァニラアイスクリーム色のスラックス。

月明かりを撥《は》ね返すのは、わずかに癖《くせ》のあるハチミツ色の髪。透き通るように白い肌《はだ》、上品な鼻筋、淡《あわ》い色の唇《くちびる》。そして澄み切った紅茶色の瞳。

……なんて美しい人なんだろう？

僕は何もかも忘れて陶然《とうぜん》と見とれるけれど……彼のその紅茶色の瞳は、どこか見覚えがある気がして……。

「……生きていたのか？　私はてっきり……」

お祖父様の口から、驚愕《きょうがく》したような声が漏《も》れる。伯父《おじ》さんも、愕然とした顔で彼を見つめながら呟《つぶや》く。

「……ジョエル……死んだと思っていたのに……」

僕はとても驚いて、その男の人を見上げる。

……ジョエル……？

……ジョエルさん？　この人が？

僕は思い……それから彼の紅茶色の瞳をどこで見たかを思い出した。それは、毎朝の鏡の中。

彼は、僕とそっくりの紅茶色の瞳をしていたんだ。

「僕はずっと生きていましたよ。もう二度と戻《もど》りたくなかったから、いろいろとお膳立《ぜんだ》てをして、死んだと思わせていましたが。なかなか凝《こ》った脚本《きゃくほん》だったでしょう」

ジョエルさんが、皮肉な笑みを浮《う》かべながら言う。それから厳しく顔を引き締《し》めて、

「ミスター・ローゼンフェルドから、話をお聞きしました。ローレンス兄さんの子供達、シズクやユウコがどんなふうに扱われていたかを知って、どうしても放っておくことができなくなりました」

彼の瞳に、怒りの炎《ほのお》が燃えている。

「あなたがたは、いまだに『幸運の星』のことを何もわかっていない」

「何もわかっていないというのは……どういうことだ？」

お祖父様が、顔をこわばらせたまま言う。

「『幸運の星』を持つ人間を抱《だ》いた男は、誰でも幸運を分けてもらえる……お二人は、そう思っているんでしょう？」

伯父さんが開き直ったように睨み返して、

「そうだろう？　何も間違《まちが》っていない。おまえを抱いたミスター・ヒューゴ・ベルギウスは、大きな幸運を手に入れ、今では世界で一、二を争う大富豪《だいふごう》だ。違《ちが》いますか？」

言って、ジョエルさんの後ろに立つ長身の男性を見る。僕はその言葉に、驚いてしまう。

……彼が、ヒューゴ・ベルギウスなのか！

ヒューゴさんはそのハンサムな顔に厳しい表情を浮かべて言う。

「幸運を与えてもらうために、なんの条件もないとお思いですか？　例えば無理やりに犯そうが、『幸運の星』を持つ者が別の誰かを愛していようが……行為《こうい》さえすればいいと？」

「もちろんだ！　何が間違っているというのですか、ミスター・ベルギウス？」

お祖父様が、怒りを露わにして叫《さけ》ぶ。ヒューゴさんは深いため息をついて答える。

「幸運を受け取れるのは、『幸運の星』を持った人間とその花婿《はなむこ》が、心から愛し合っている時だけです。それを私は、身をもって体験することになりました。とても、つらいやり方で」

彼の血を吐《は》くようなとても苦しげな声。ジョエルさんがなぜか苦笑する。

「本当にごめんってば。もうやらないから。約束するよ」

呆然とするお祖父様と伯父さんに向かって、ジョエルさんが言う。それから、

「数年前。彼の忙《いそが》しさが原因で喧嘩《けんか》をし、屋敷《やしき》を飛び出したことがあります。ヤケクソになっていろいろな相手と遊びましたが……そのうちの誰一人として、幸運になどなりませんでした。僕が幸運を与えられたのは、心から愛していた相手……ヒューゴだけだった。『幸運の星』というのはそういうものだったんですよ」

伯父さんが、愕然とした顔で口を開ける。お祖父様が、

「……それは……本当なのか……？」

「本当ですよ。だから可愛《かわい》いシズクやユウコをこれ以上苦しめることには意味がないし、このまま反省しないようなら、僕がただではすませませんよ。……幸い、僕のヒューゴは世界経済にも多大な影響《えいきょう》を持つ人ですから」

迫力《はくりょく》のある顔でにやりと笑われて、お祖父様と伯父さんが後退りをする。それから踵《きびす》を返してリムジンに逃《に》げ込んで行く。車が発車するのを見届け、アンドレイさんが、

「ミスター・ジョエル・ベルギウス。そしてミスター・ヒューゴ・ベルギウス。ご協力に本当に感謝します。これであの二人はやっと諦《あきら》めてくれるかもしれません」

二人に向かって真摯《しんし》な声で言う。ジョエルさんがため息をつき、

「だといいけれど。人間の欲《よく》は底なしだからね。でも……」

彼が、僕とアンドレイさんを交互に見て言う。

「二人が幸せになることを、祈《いの》ってるよ」

「どうもありがとうございます、ジョエル叔父《おじ》さん。そしてミスター・ベルギウス」

僕が言うと、二人はにっこり笑ってくれる。ベルギウスさんが、

「ミスター・ローゼンフェルド。今夜は、シズクくんと二人で話をなさったほうがいい。私達はしばらくこの国に滞在《たいざい》します。詳《くわ》しい話はまた改めて」

二人はアンドレイさんのリムジンに乗り込んでホテルに向かい、ラキーフとその部下達は、駆けつけてきた城のSP達に拘束《こうそく》された。そして僕とアンドレイさんはそこを離《はな》れ、城に向かって二人きりで歩き始める。

「怖《こわ》かっただろう？　可哀想《かわいそう》に」

アンドレイさんが言って、僕の肩《かた》をあたたかな腕《うで》で抱《だ》き締めてくれる。その体温と愛《いと》おしげな手つきに、なんだか胸が熱くなる。

「ベルギウスさんが言ってましたよね。『幸運を受け取れるのは、「幸運の星」を持った人間とその花婿が、心から愛し合っている時だけ』だって。あなたに幸運が訪れたのは……僕があなたを愛してしまったから、というだけでなく……」

「私も、君を心から愛しているからだ」

アンドレイさんが僕を見下ろして、真摯な声で囁《ささや》いてくれる。

「花嫁《はなよめ》のすべてを、今夜こそ私のものにしたい。許してくれる？」

彼の言葉に、僕の鼓動《こどう》が速くなる。

「僕の心は、とっくにあなたのものです。だから今夜は、心だけでなく……」

僕は頰《ほお》が熱くなるのを感じながら、彼を見上げて囁く。

「僕のすべてを……あなたのものにしてください」

アンドレイさんの指が、僕の顎《あご》を持ち上げる。優しい青の左目、獰猛《どうもう》な金色の右目。見とれている間に彼の美貌《びぼう》が近づいて、僕の唇に、そっと誓《ちか》うようなキスをしてくれたんだ。

◆

「……あ……あ……っ」

僕のこらえきれない甘い声が、高い天井《てんじょう》に響いている。

「……やあ……そこ……ああ……っ」

寝室《しんしつ》に戻った僕とアンドレイさんは、服を脱《ぬ》ぐのももどかしくベッドに転げ込んだ。そしてすべてを脱ぎ捨てた姿で、ベッドの上で重なり合っている。

「……ん、んん……いやあ……！」

彼が、僕の右側の乳首をゆっくりと舐《な》め上げてくる。もう片方の乳首を指先で揉《も》み込まれて……気持ちがよくて眩暈《めまい》がする。

「嫌《いや》？　本当に？　とても気持ちがよさそうに、硬《かた》くなっているよ」

いつも紳士《しんし》的な彼が、ベッドの中ではこんなふうにとてもイジワルなことを言う。だけどそこがまたとてもセクシーで、僕の頭をかすませてしまって……。

「乳首だけじゃないな。『幸運の星』までが、今は濃《こ》いバラ色に染まって……」

「……ひ……あぁっ！」

彼の指先が、『幸運の星』の上を滑《すべ》る。僕の腰《こし》が大きく跳《は》ね上がり、硬く反り返った屹立《きつりつ》の先端《せんたん》から、ドクドクッと大量の先走りが漏れてしまう。

「とても反応している。ここが、そんなに感じるのか？」

彼が驚《おどろ》いたように言い、僕の『幸運の星』の上にキスをする。

「……ダメ……やあ……っ！」

チュッと吸い上げられて、痛いほどの快感が走った。僕は彼の裸《はだか》の肩に爪《つめ》を立て、必死で射精をこらえる。

「……ダメ、そこ、出ちゃう……っ！」

先端からさらに先走りの蜜《みつ》が溢《あふ》れ、それに合わせて甘い電流が走る。

「……や、あ……あ……っ！」

全身が熱くなってトロトロに蕩《とろ》け、身体《からだ》の奥がさらなる何かを求めて震《ふる》える。

『幸運の星』は、そんなに感じてしまうんだね。それなら……」

彼の手が滑り下りて、僕の屹立をそっと握《にぎ》り込む。

「……くぅ……あぁ……っ！」

「ここを愛撫《あいぶ》されるのは、どう？」

先走りの蜜に塗《まみ》れた屹立を、彼の大きな手がゆっくりと愛撫する。

「……あ……ダメぇ……っ」

身体を痺《しび》れさせる怖いほどの快感。とめどなく溢れた蜜が、僕の谷間にまでトロトロと流れ込んでいく。そのまま、僕の深い場所まで濡《ぬ》らしてしまって……。

「男同士のセックスでは、どこを使うか知っている？」

彼の言葉に、僕はかぶりを振《ふ》る。

「……し、知りません。そんなことまで……考えたことなくて……アァッ！」

腰を抱いていた彼の指が、僕の双丘《そうきゅう》の間に滑り込んだ。とても深い場所にある蕾《つぼみ》を彼の指先が探る。

「私も君と愛し合うまで、考えたこともなかった。だが、男同士は……」

彼の指が、僕の隠《かく》された蕾の花びらを、ゆっくりと解《ほぐ》すようにして……。

「……ここを蕩けさせ、性器にして……愛し合うらしい」

「……んっ！」

チュプン、という濡れた音を立てて、彼の長い指が僕の中に滑り込んでくる。

「……や、指が入って……っ」

「怖がらないで、力を抜《ぬ》いて。痛いことなどしない。約束する」

囁きながら、蕾をゆっくりと押し広げられる。

「……あ……や……そんな……」

蕾がとろとろに蕩けて、そこから不思議なほどの快感が湧《わ》き上がる。蕾の奥、とても感じるところを見つけられ、じっくりと愛撫されて……僕は、身も世もなく喘《あえ》いで……。

「とても綺麗《きれい》だ、シズク」

アンドレイさんが囁いて、僕の両脚《りょうあし》をそっと開かせる。

「君のすべてが欲しい」

至近距離《きょり》から見つめられて、身体だけでなく、心までも蕩けそう。

「はい、僕のすべてを奪《うば》ってくださ……アアッ！」

僕の言葉が終わらないうちに、彼の屹立が蕾に押し当てられる。

「愛している、シズク。……奪うよ」

僕を見下ろして、彼が囁く。紳士的な彼のものとは思えない獰猛な声に、僕の鼓動が速くなる。

「……来て……」

僕が囁くと、彼はゆっくりと腰を進めてくる。焼けた鉄の棒のように熱く、とても逞《たくま》しい彼。最初は苦しかったけれど、あやすように乳首や屹立を愛撫されて、僕の蕾は従順に蕩けてしまった。そして彼をしっとりと包み込み、締《し》め上げて……。

「……あ……深い……」

とても深い場所まで、彼で満たされている。それは僕にとって、本当に幸せな感覚で。

「動くよ。大丈夫《だいじょうぶ》？」

彼の囁きに、僕は必死でうなずく。

「大丈夫です、僕を奪って……アアッ！」

彼の腕が僕を抱き締め、そのまま獰猛な抽挿《ちゅうそう》を開始する。僕は彼にすがりつき、目の前が白くなるような快感に翻弄《ほんろう》され……。

「……ああ……アンドレイさん……！」

「君の身体も、本当にすごい。我慢《がまん》ができなくなりそうだ」

彼の声が、かすれている。感じてくれているんだと思ったら、胸が熱くなる。

「……我慢なんかしないで……」

囁くと、彼は僕を固く抱き締め、まるで飢《う》えた野獣《やじゅう》のように僕を深く貫《つらぬ》いた。

「……あっ……や……すごい……」

速くなる二人の呼吸、嵐《あらし》の中の船のように揺《ゆ》れるベッド。

「……アンドレイさん……好き……」

僕は囁き、何もかも忘れて彼にすがりつく。

「愛していると言ってくれないのか？」

彼は僕を抱き締め、速い速度で揺すり上げながら囁く。獰猛な動きと、苦しげなほどかすれた声。

……ああ、彼は、僕をこんなに欲《ほっ》してくれて……。

思っただけで、幸せで幸せで、気が遠くなりそうだ。

「……ああ、愛してます、アンドレイさん……っ！」

とんでもない快感に、目の前が真っ白にスパークする。そして……。

「……ンン——……ッ！」

僕の先端から、ビュクビュクッ！　と快楽の蜜が迸《ほとばし》った。僕の蕾がキュウッと収縮し、彼を締め上げてしまう。

「いけない花嫁だ。初夜なのに、トロトロに蕩けて、こんなに締め付けてくるなんて」

彼は獰猛な声で囁《ささや》きながら、僕の蕾を激しく抽挿する。僕はさらに湧き上がる快感に翻弄されながら、目の前が白くなるような快感に震えて……。

セクシーなため息と共に、僕の中に熱いものが、ドクン！　ドクン！　と撃《う》ち込まれる。

「……んん……っ」

その熱にも感じて、僕は屹立の先端から蜜を溢れさせる。快感に震える僕に、アンドレイさんが深いキスをする。

「愛している、シズク。……朝まで抱《だ》きたい」

唇《くちびる》を触《ふ》れさせたまま、彼が囁いてくる。僕は彼の美しい瞳《ひとみ》を見上げて、囁き返す。

「僕も愛しています、アンドレイさん。……朝まで抱いて」

彼の逞しい腕《うで》が、僕の身体《だ》を抱き締める。そして僕達はたくさんのキスを交わしながら、恋《こい》人《びと》同士でしか行けない高みに、何度も何度も駆《か》け上り……。

◆

「つらい日々に耐《た》えられたのは、あなたとの優しい思い出があったからだと思います」

裸のままで抱き合いながら、僕は彼を見つめて囁く。

「私も同じだよ。苦しい日々を支えてくれたのは、君との優しい思い出だ。……私に、また会いたいと思っていた？」

僕は彼を見つめたまま、深くうなずく。

「ええ、ずっと。きっとあなたは、僕の初恋《はつこい》の人なんですね」

僕が言うと、彼はとても優しく微笑《ほほえ》んでくれる。

「私も、君のことがずっと忘れられなかった。あれが、私の初恋だったかもしれないな」

「じゃあ僕達ずっと、両想《りょうおも》いだったってことですか？」

僕が言うと、彼はゆっくりとうなずく。

「きっとそうだね。……君とこうして再会でき、そして未来を誓《ちか》い合うことができた。それが私にとっての一番の幸運だ」

彼は僕を抱き締め、そしてまた僕らは深いキスを交わす……けど……。寝室《しんしつ》のドアがノックされ、僕とアンドレイさんは間近に見詰《みつ》め合ったままで動きを止める。

「アンドレイ様、ブラジル支社から急ぎのお電話が入っております。どうやら巨大《きょだい》なルビーの鉱脈が発見されたらしく……」

ドアの向こうから、家令のミハイルの控《ひか》えめな声がする。アンドレイさんがため息をつき、それから答える。

「私はハネムーン中だと伝えてくれ。処理は任せるので、仕事の話は来週以降に、と」

ミハイルさんはクスリと笑い、

「ハネムーン中に、無粋《ぶすい》なことをいたしました。……呼ばれるまでは寝室に誰《だれ》も近づかないようにと使用人達にも伝えておきましょう」

彼の足音が遠ざかり、遠くでドアが閉まる音がする。

「すまなかったね。……無粋な電話は忘れて、さっきの続きだ」

彼が囁いて、僕の唇にキスをする。彼の唇が首筋を吸い上げ、僕の『幸運の星』にキスをする。そこから走った快感に、僕の腰《こし》が跳《は》ね上がる。

「……あ、も……だめ……」

あんなに出したのに、また屹立《きつりつ》が硬《かた》く勃《た》ち上がってしまう。

「どうして？　ここが、こんなに硬くなってきているのに」

彼が言いながら、僕の屹立を握《にぎ》り込む。ゆるゆると愛撫されて、身体《からだ》が蕩《とろ》けそう。

「……だって、こんなにしたら……」

「そんなにしたら……何？」

彼がイジワルな声で言って、僕の『幸運の星』をキュッと甘嚙《あまが》みする。そうされると不思議なほどの快感が湧き上がってきて……もうおかしくなりそう。

「……世界中の宝石を掘《ほ》りつくしちゃう……」

僕の口から漏《も》れた言葉に、アンドレイさんがとてもセクシーに笑う。

「素敵じゃないか。それくらいたくさん愛を交わそう」

彼が顔を上げて、僕の唇にキスをする。

「愛しているよ、シズク。君が可愛《かわい》すぎて、世界中の宝石を掘りつくしても、きっとやめられないよ」

僕は彼の甘いキスに胸を熱くしながら、かすれた声で囁き返す。

「僕も愛してます、アンドレイさん。……ありったけの幸運を、あなたにあげたい」

「それは素敵だ。だが、まずは……」

彼は僕の顔を見つめて、優しく囁く。

「……その甘い身体を、私に与《あた》えて欲しい」

底なしに優しいブルーの左目。野獣みたいに獰猛《どうもう》な欲望《よくぼう》を浮《う》かべた金色の右目。見つめられるだけで、理性がトロトロに蕩けてしまいそう。

僕の恋人は、野獣みたいに強くて、ベッドの中ではとても獰猛で、そしてこんなふうに、本当にセクシーなんだ。

あとがき

こんにちは、水上ルイです。初めての方に初めまして。水上の別のお話を読んでくださった方にいつもありがとうございます。

今回の『天使は野獣の花嫁～パーフェクト・ウェディング～』は、名門貴族の血筋に縛《しば》られる孤高《ここう》の御曹司《おんぞうし》・アンドレイと、契《ちぎ》った相手に莫大《ばくだい》な富をもたらすと言われる美青年・雫のお話。姉の身代わりにアンドレイの家に売られたはずの雫だが、麗《うるわ》しいけれどどこか翳《かげ》のある彼に、いつしかどうしようもなく魅《ひ》かれて……？

最近お伽噺《とぎばなし》っぽい王道ストーリーに凝《こ》っているのですが、今回は複雑な家に生まれた二人が主人公。キラキラのシンデレラというよりは、ちょっとダークな『美女と野獣』的なお伽を目指してみました。戸惑《とまど》いながらもどうしようもなく魅かれ合う二人の激しい恋《こい》、お楽しみいただければ嬉《うれ》しいです。

それでは、お世話になった方々に感謝の言葉を。

おおや和美先生。またご一緒《いっしょ》できて本当に光栄です。大変お忙《いそが》しい中、美しいイラストをどうもありがとうございました。どこか翳のある美形・アンドレイと、天使のように麗しい雫にうっとりしました。これからもよろしくお願いできれば嬉しいです。

編集担当Tさん、Aさん、ルビー文庫編集部の皆様《みなさま》。今回もいろいろと本当にお世話になりました。これからもよろしくお願いできれば幸いです。

そしてこの本を読んでくれたあなたへ。どうもありがとうございました。

バタバタしている間に二〇一三年ももうすぐ終わり……。あまりに早かった……(汗《あせ》)。でも皆様のおかげで、忙しいながらも楽しい一年となりました。

水上ルイ、二〇一四年も頑張《がんば》ります。これからもよろしくお願いいただければ幸いです。

また次の本でお会いできるのを楽しみにしています。

二〇一三年　十二月　水上ルイ

一昨年《おととし》の春に、東日本大震災《だいしんさい》が起きたことを今でも思い出します。被災《ひさい》された皆様に、心よりお見舞《みま》い申し上げます。あなたの心にも、一日も早く平和が戻《もど》りますように。

天使《てんし》は野獣《やじゅう》の花嫁《はなよめ》
～パーフェクト・ウェディング～
水上《みなかみ》ルイ

角川ルビー文庫　R92-42　18279

平成25年12月1日　初版発行

発行者――山下直久
発行所――株式会社KADOKAWA
東京都千代田区富士見2-13-3
電話(03)3238-8521(営業)
〒102-8177
http://www.kadokawa.co.jp/
編　集――角川書店
東京都千代田区富士見1-8-19
電話(03)3238-8697(編集部)
〒102-8078
印刷所――暁印刷　製本所――BBC
装幀者――鈴木洋介

ISBN978-4-04-101107-2　C0193　定価はカバーに明記してあります。

KADOKAWA RUBY BUNKO

角川ルビー文庫

いつも「ルビー文庫」を
ご愛読いただきありがとうございます。
今回の作品はいかがでしたか?
ぜひ、ご感想をお寄せください。

〈ファンレターのあて先〉

〒102-8078 東京都千代田区富士見 1-8-19
株式会社KADOKAWA
ルビー文庫編集部気付
「水上ルイ 先生」係

溺愛紳士とないしょの恋
昼間は町のおまわりさん。
夜はあの人の淫らな恋人…!?
水上ルイ
イラスト/こうじま奈月
ワケあり大富豪×新米警官の
ドラマチック・シンデレラロマンス!
交番勤務の司は人探しが縁で、超美形な大富豪・ディランと親しくなる。
けれど娘がいるらしいディランに惹かれてしまい…!?

ルビー文庫

一週間で、必ず君を堕としてみせる――。
水上ルイ
イラスト／おおや和美
王子様、おたわむれを
情熱的な大富豪×難攻不落の美人執事の恋愛ゲーム！
難攻不落の美人執事のフローレスは、主人の友人のアドリアーノとのゲームに敗れ、1週間彼のお世話をすることになるが。

ルビー文庫

Mr.プリンスの華麗な誘惑
水上ルイ
イラスト／明神翼
君を愛してしまったと言った言葉は、本当だ。
君と一つになりたい。もう、我慢できそうにない――。
社交界の王子様×純情庶民との
シンデレラストーリー！
パーティーで欧州社交界のプリンス・ロメオと出会った
画家の卵の景は、庶民な自分にも優しい彼に恋に落ちて…。

ルビー文庫

水上ルイ
イラスト／明神 翼
私が愛するのは、生涯君だけだ——。
ロイヤルウェディングは強引に
水上ルイ×明神翼が贈る
強引な王様×受難美大生のロイヤルウェディング！
旅先の美術館で王家に伝わる指輪を拾った美大生の和馬。
泥棒扱いされて国王・ミハイルの許で監視されることになり…!?

次世代に輝くBLの星を目指せ！

第15回 角川ルビー小説大賞

プロ・アマ問わず！
原稿大募集!!

大賞 正賞・トロフィー＋副賞・賞金100万円
＋応募原稿出版時の印税

優秀賞 正賞・盾
＋副賞・賞金30万円
＋応募原稿出版時の印税

奨励賞 正賞・盾
＋副賞・賞金20万円
＋応募原稿出版時の印税

読者賞 正賞・盾
＋副賞・賞金20万円
＋応募原稿出版時の印税

応募要項

【募集作品】男の子同士の恋愛をテーマにした作品で、明るく、さわやかなもの。
未発表（同人誌・web上も含む）・未投稿のものに限ります。
【応募資格】男女、年齢、プロ・アマは問いません。
【原稿枚数】1枚につき40字×30行の書式で、65枚以上134枚以内（400字詰原稿用紙換算で、200枚以上400枚以内）
【応募締切】2014年3月31日
【発　　表】2014年9月（予定）
＊CIEL誌上、ルビー文庫新刊チラシ等にて発表予定

応募の際の注意事項

■原稿のはじめに表紙をつけ、**以下の2項目を記入してください。**
①作品タイトル（フリガナ）　②ペンネーム（フリガナ）
■1200文字程度（400字詰原稿用紙3枚分）のあらすじを添付してください。
■あらすじの次のページに、以下の8項目を記入してください。
①作品タイトル（フリガナ）②原稿枚数（400字詰原稿用紙換算による枚数も併記※小説ページのみ）③ペンネーム（フリガナ）
④氏名（フリガナ）⑤郵便番号、住所（フリガナ）
⑥電話番号、メールアドレス ⑦年齢 ⑧略歴（応募経験、職歴等）
■原稿には通し番号を入れ、**右上をダブルクリップなどでとじてください。**
（選考中に原稿のコピーを取るので、ホチキスなどの外しにくいとじ方は絶対にしないでください）
■手書き原稿は不可。ワープロ原稿は可です。
■プリントアウトの書式は、必ず**A4サイズの用紙（横）1枚につき40字×30行（縦書き）**の仕様にすること。
400字詰原稿用紙への印刷は不可です。
感熱紙は時間がたつと印刷がかすれてしまうので、使用しないでください。
■同じ作品による他の賞への二重応募は認められません。
■入選作の出版権、映像権、その他一切の権利は角川書店に帰属します。
■応募原稿は返却いたしません。必要な方はコピーを取ってから御応募ください。
■小説大賞に関してのお問い合わせは、電話では受付できませんので御遠慮ください。
■応募作品は、応募者自身の創作による未発表の作品に限ります。（※PCや携帯電話などでweb公開したものは発表済みとみなします）
■日本語以外で記述された作品に関しては、無効となります。
■第三者の権利を侵害した応募作品（他の作品を模倣する等）は無効となり、その場合の権利侵害に関わる問題は、すべて応募者の責任となります。

規定違反の作品は審査の対象となりません！

原稿の送り先

〒102-8078　東京都千代田区富士見1-8-19
株式会社KADOKAWA　ルビー文庫編集部　「角川ルビー小説大賞」係